느리게

천천히

가 ㅡ 도

괜찮아

느 리 게

천 천 히

가 — 도

괜 찮 아

펴낸날 2019년 4월 15일 초판 1쇄
2019년 5월 20일 초판 2쇄

지은이 박건우
펴낸이 이태권

책임편집 이도림
물류책임 권혁

펴낸곳 (주)태일소담출판사
등록 1979년 11월 14일 제2-42호
주소 서울특별시 성북구 성북로66 3층 301호 (우)02835
전자우편 sodam@dreamsodam.co.kr
홈페이지 www.dreamsodam.co.kr

ISBN 979-11-6027-153-9 03880

· 책값은 뒤표지에 있습니다.
· 잘못된 책은 구입하신 곳에서 교환해드립니다

글로벌 거지 부부
×
대만 도보 여행기

느리게 천천히 가도 괜찮아

박건우 지음

소담출판사

머리말

— 서울 —

— 臺北(타이베이)에 도착하다 —

— 新北(신베이)를 걷다 —

— 宜蘭(이란)을 걷다 —

— 花蓮(화롄)을 걷다 —

— 臺東(타이통)을 걷다 —

— 屛東(핑둥)을 걷다 —

머리말

기름보일러에 등유 한 방울 넣지 않고 밤을 지새우는 서울 한파를 피해 대만 땅 1,113km를 걸었다. 길면 길고 짧으면 짧다는 양면성 따윈 따질 수 없을 만큼 죽어라 긴 시간이었다. 이 시간 동안, '내 두 번 다시 도보 여행은 하지 않으리라'는 후회와 두 번 다시 느끼기 어려운 감동을 얻었으며, 지구상에서 이토록 친절한 나라는 없으리라 단언할 수 있을 만큼 대만을 잘 알게 되었다. 이 책은 관광지를 소개하는 가이드북은 아니지만, 인간의 자비에 대해서는 아주 좋은 사례를 소개한다. 또 이 책은 감성이 적나라하게 파괴되는 고행기에 가깝지만, 주인공들과 함께 걸어볼 만한 가치 있는 이야기가 많이 나온다.

'느리게 천천히 가도 괜찮아'

제목처럼 느리게 걸은 이야기이자 인간적 고민의 가득한 이야기.

빡빡한 삶의 말초신경을 늦춰주는 마취제 같은 이야기.

安平金水玩山遊
台湾
徒步
一圈

서울

[도보 시작 : -3일]

정릉 달동네. 서울에 몇 남지 않은, 도시가스 비공급 지역이다. 화려한 도시에 비해 서민적 분위기를 보이는 탓에 드라마에 단골로 나오고, 이곳이 정겹다고 찾아오는 이도 있지만, 거주민에게는 항상 정겨운 것만은 아니다. 예컨대 더울 때는 집을 오르내리느라 옷이 땀에 젖고, 추울 때는 오리털 잠바에 양말을 두 겹 신은 상태에서 귀마개까지 한 채 이불 속에만 살아야 한다. 거센 한파라도 몰아칠 때면 그저 날이 풀리기를 기다리는 것 외에는 화장실에 갈 엄두조차 나지 않는 이곳에 우리 집이 있다. 아직 30, 40대 초반인 우리 부부에게 계절이 바뀌기만을 기다리는 것은 대단한 시간 낭비이자 삶의 질도 낮아지고, 일상이 무기력하기 짝이 없는 일이다. 그래서 결심했다. 올겨울에는 비교적 따뜻한 대만에 가서 지내기로. 근사한 계획이나 넉넉한 경비 따윈 없다. 그저 생명이 끊기지 않기 위해 버티던 겨울을 사람답게 지낼 수만 있으면 된다.

출국을 하루 앞두고 분주한 시간을 보내다가 미처 땔감을 준비하지 못했다. 급한대로 조금 전까지 음식이 올려져 있던 밥상을 톱질하여 땔감으로 쓴 우리는 출국 시각까지 목숨을 부지하기 위해 친누나 집으로 피난을

극심한 추위에 화목난로 앞을 벗어나지 못하는 아내 미키. 집은 뜨거운 물이 안 나와 땔감으로 물을 데워 쓴다. 도시에 살면서 땔감을 구하기란 쉽지 않다. 그나마 집 근처에 산이 있어 쓰러진 나무를 옮겨오거나 목공소 포대자루를 뒤적거리면 되지만, 이마저도 부지런하지 않으면 집안에 온기란 없다.

떠났다. 미키는 피난길에서 추위를 참지 못하고 대륙 서커스단 합숙소에서나 입을 법한 내복을 충동구매했다. 그리고는 대만에 가져가야 할 많은 짐을 집에 두고 왔다.

서울역 지하도에서 구매한 상·하의 6,900원 내복. 우연히도 대만은 새빨간 꽃무늬가 흔하여 평상복에 내복을 드러내는 코디가 가능했다.

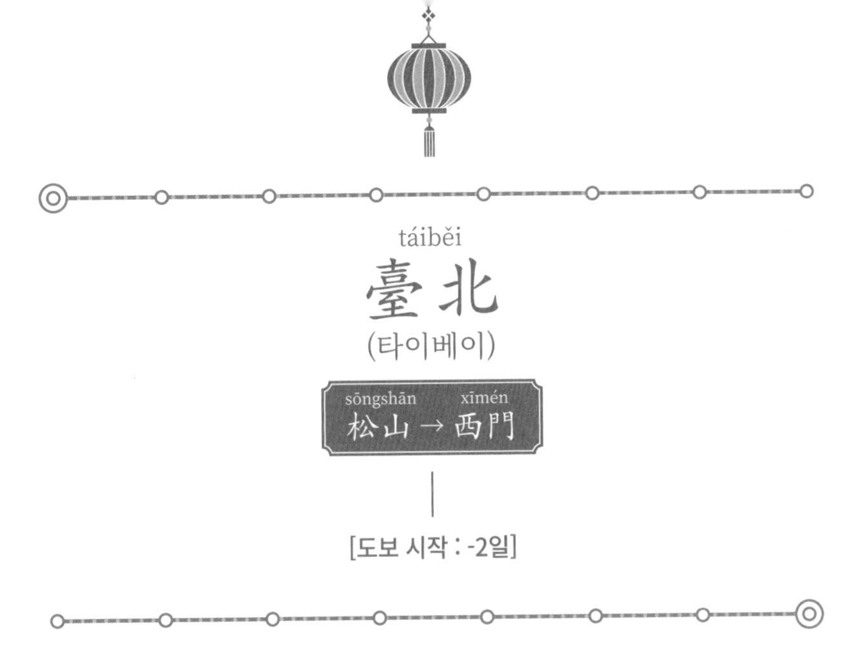

táiběi

臺北
(타이베이)

sōngshān xīmén
松山 → 西門

[도보 시작 : -2일]

두고 온 짐을 가지러 새벽 첫차를 타고 집에 들렀다가 공항에 가야 했다. 이때 추위가 어찌나 매섭던지 이빨끼리 부딪혀 깨지지 않도록 마우스피스를 껴야 할 정도였다.

비축한 체력도 없이 초장부터 힘이 빠진 상태로 대만에 도착했다. 어느 나라든지 입국할 때는 늘 긴장된다. 나는 지명수배자도 아닌데 어느 나라를 가던 심사를 까다롭게 받는다. 과거에는 일본의 살인 혐의 지명수배자와 내 얼굴이 도플갱어만큼이나 닮아 그게 나인지 묻는 전화를 받은 적도 있다. 나도 떨떠름하게는 인정한다. 내 얼굴이 범죄형인 것은…. 그러나 자세한 설명도 없이 다른 곳으로 끌려갈 때면 그때는 정말 억울하기 짝이 없

타이베이의 편파적인 환영 인사. 12월에 도착한 대만은 긴 소매 옷 한 장으로도 춥지 않았다.

다. 다행히 이번 입국은 아무런 일도 일어나지 않았다.

타이베이(臺北)

대만의 수도이자 가장 번화한 도시. 타이베이에는 인천공항에 해당하는 타오위안(桃園, táoyuán)공항과 김포공항에 해당하는 송산(松山)공항이 있다. 송산공항으로 입국한 우리는 숙소까지 대중교통을 이용할 계획이었다. 그런데 미키가 돌연 계획을 바꾸었다. 본격 도보여행을 하기도 전부터 지하철로 일곱 정거장 떨어진 숙소까지 걸어가자는 것이다. 미키는 멘탈은 약하지만, 경쟁심이 강하다. 내가 여기서 약한 소리라도 할라치면 그 즉시 아주 좋은 놀림거리가 돼버린다. 사실 나로선 비도 내리고 아침 피로 때문에 걷고 싶지 않았다. 그러나 놀림거리가 되는 게 걷는 것보다 싫던 나머지 애써 태연한 척 공항 문을 나섰다. 첫 일정부터 무리하게 시작됐다.

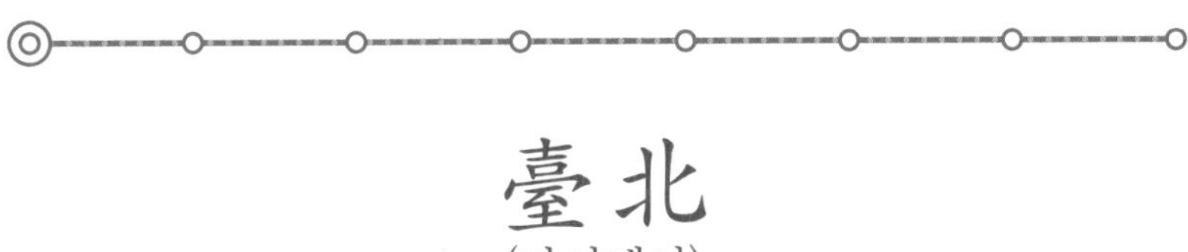

臺北
(타이베이)

[도보 시작 : -1일]

아직 움직일 계획이 없는 상태에서 전날 머문 숙소보다 더 저렴한 숙소로 옮기고, 대만에 오기 전부터 잡혀 있던 약속을 이행하러 출판사를 찾았다. 국내에 출간된 내 책의 대만 출간이 결정되어 미팅을 하러 간 것이다. 이번 만남은 대만 大是文化출판사의 편집자가 우리가 대만에 간다는 소식을 접하면서 성사되었다. 大是文化 편집자인 페이링. 해외 번역서를 여러 권 편집해온 그녀는 나와의 만남이 첫 해외 작가와의 만남이라 긴장된다는 말에 일단 안쓰러운 마음이 들었다. 첫 만남을 나같이 명성 없고, 단정치 못한 작가와 하게 되었으니 말이다. 거기에다가 내 책을 스스로 평가해본 적이 없는 나로서는 '과연 대만 출판이 괜찮을까' 하는 걱정까지 들었다. 내 걱정과 달리 페이링은 뭐든 맡겨두라는 식의 자신 있는 표정을 지었다.

나는 성격상 조금의 설레발도 싫어하기 때문에 확정하기 전에는 그 어떠한 것도 신용하지 않는다. 그래서 종교도 가지지 못하고, 웬만한 감언이설은 들은 척도 안 한다. 출판사에 갈 때도 기대치는 '0'이었다. 그러나 뜻밖에도 현장에서 확정 출판일이 결정되고, 편집 방향까지 척척 진행되면서 점점 감격이 밀려왔다. 그건 남다른 대만 사랑에서 오는 감격이다.

미키와 처음 대만에 왔던 4년 전. 나에겐 편견이 있었다. 대만은 중국과 다를 바 없을 거라는 편견이었다. 거기에 정치, 스포츠 문제로 격앙된

편집자 페이링과 표지에 대해 의논하는 모습. 대만판은 최대한 지저분한 디자인으로 만들어 줄 것을 부탁했다. 이왕 한문이 들어갈 거라면 홍콩 누아르 같은 느낌이 어울릴 것 같아서이다.

반한 감정 등, 언론을 통해 대만에 대한 좋은 기사를 접한 기억이 없던 나는 대만에 대한 설렘이 없었다. 그러나 실제로는 모든 게 반대였다. 대만은 처음 발을 디디는 순간부터 엿새 후 떠나는 날까지 자유가 만연한 우호적인 나라였다. 나는 이때 받은 인상을 평생 간직하리라 마음먹고 몸에 'I ♥ TAIWAN'을 새겼다. 고작 엿새 체류하는데 문신이라…. 자칫 어리석게 느껴질지 모르지만, 나에게는 내가 느낀 것이 기분 탓이 아니라는 확신이 있었고, 3년 뒤 나 홀로 대만 여행을 하면서 그 확신은 동경으로 바뀌었다.

출판사를 나와서는 당장 내일 계획에 대해 고민했다. 우리 경비는 2인 기준으로 1일 300위안. 이는 한국 돈 만 원을 조금 넘는 수준이다. 대만은 저렴한 식비, 교통비와 비교하면 숙박비가 비싼 편이라서 최저가만 골라 묵어도 예산을 초과한다. 다시 말해 오래 머물수록 금전 손실이 커진다는 소리다. 원래는 적응 기간을 생각해 일주일은 단순 체류를 하려 했다. 그러나 타이베이에는 먹거리와 볼거리의 유혹들이 넘치고, 그것들을 외면할수록 신경만 날카로워지기 마련이다. 그리하여 즉흥적인 결론을 내리기에 이르렀다.

"더 이상 돈 쓰지 말고 내일부터 걷자!"

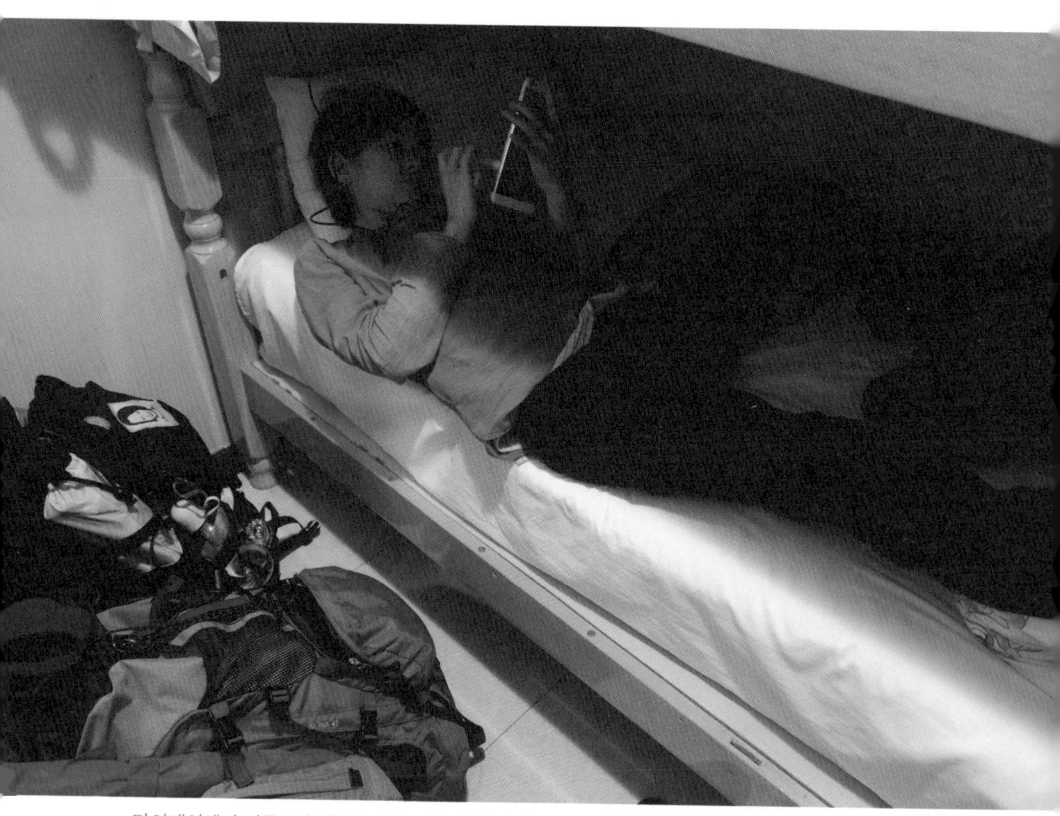

타이베이에서 머문 1평 남짓한 숙소. 2층 침대 옆에 가방을 두면 지나다니는 것도 버겁다.

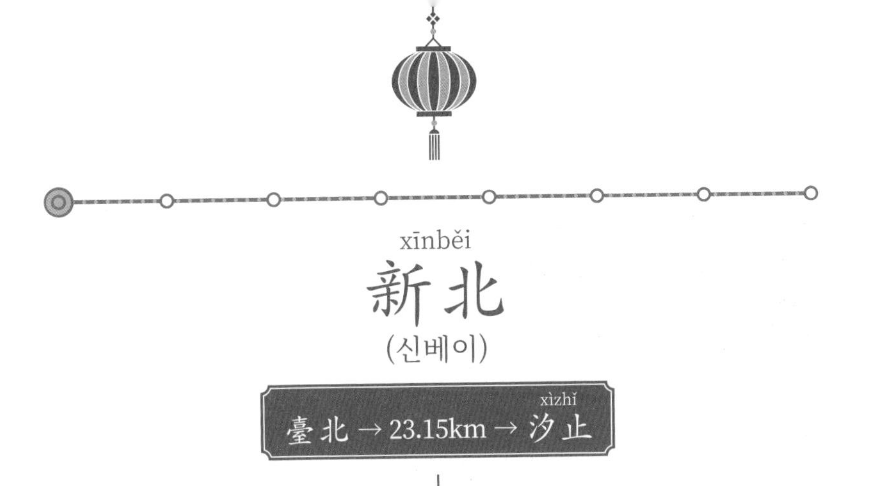

xīnběi 新北 (신베이)

臺北 → 23.15km → 汐止 (xìzhǐ)

[도보 시작 : 1일 / 총 23.15km 도보]

대만에 오기 전에 가장 기본적이면서도 중요한 동선을 심각하게 고민해 본 적 없는 우리는 아무런 이유 없이 서쪽행을 정해두었다. 그러다 이틀 전 만난 대만 친구로부터 동쪽행을 권장 받았는데, 친구의 조언은 다음과 같다.

동쪽 - 산과 바다를 낀 자연이 대부분이며, 자연 속에 거주하는 원주민을 만날 수 있다. 대만인이 공통적으로 평가하기를 원주민은 붙임성이 좋고, 흥이 넘친다고 한다. 아직 대만이 생소하다면 동쪽부터 걸어라.

서쪽 - 어디를 가더라도 크고 작은 도시가 있어 편리하다. 그러나 도시의 인심이 좋다고는 말할 수 없다. 서쪽부터 간다면 한시라도 빨리 동쪽으로 이동할 것!

스리랑카에서 알게 되어 줄곧 친분을 이어오는 대만 친구 이팡.

한국 포털사이트에서는 대만 도보 일주에 대한 정보를 얻을 수 없었다. 그나마 일본 야후를 통해 접해본 리어카로 대만 남북을 종단한 부부 여행기는 참고가 되었지만, 그것만으로 앞길을 가늠하기에는 정보가 부족했다. 그래서 대만 친구 말을 따라 동쪽부터 걷기로 했다.

오전 10시. 출발 시각을 넉넉잡아 9시로 정했건만, 늦장 탓에 10시가 되어서야 숙소를 나왔다. 아침도 빈약하게 먹고, 예산 절감을 이유로 출발해서인지 의욕은 상당히 떨어져 있었다.

목적지? 그런 거 없다.

앞으로도 목적지를 정하고 걷는 일은 거의 없을 것이다. 그저 하루 20~30km를 걷고, 지치거나 해가 지거나 새로운 만남에 이끌리면 그곳이 목적지가 되는 것이다. 어깨에는 각각 10kg에 못 미치는 짐들이 얹혀 있다. 단기 여정으로는 가벼울지 모르나, 길게 보면 꽤 부담스러운 무게다. 대도시인 타이베이와 가오슝만은 대중교통으로 통과하려는 게 그나마 없던 계획 중 하나였다. 도시에서는 인도와 차도가 제대로 구분되어 있지 않고, 신호에 발걸음이 잡힐 때는 어깨에 피로가 가중되기 때문이다. 그런데 시작부터 미키가 또 도발적인 발언을 한다. 타이베이를 걸어서 통과하자는 것이었다.

출발 전, 미키가 숙소 열쇠를 반납하면서 한국 집 열쇠까지 같이 반납하는 바람에 왔던 길을 되돌아가는 수고가 있었다.

"또??"

출발이 늦어 서두르지 않으면 곤란해질 것으로 예상한 나는 동의할 수 없다는 물음표와 반항의 느낌표를 던졌지만, 합당한 반대 사유를 찾지 못해 또다시 태연한 척 길을 나섰다.

그렇게 시작된 대망의 첫날. 5km쯤 걸었을 때부터 바람이 심상치 않더니 금세 굵은 빗줄기가 쏟아졌다. 이런 날씨에 대비해 겉옷 방수를 철저히 해두었다. 그러나 땀과 습도는 옷 속을 불쾌하게 적셔나갔고, 쉴 새 없이 내리는 비는 멘탈을 쪼개나갔다.

걷기 시작한 지 6시간 만에 타이베이를 지나 신베이(新北)시에 들어섰다. 그러나 아직 15km도 못 왔다. 여유를 너무 심하게 부렸는지 해 떠 있을 시간이 1시간밖에 남질 않았다. 첫날부터 비도 오고, 배도 고프고 잘 곳도 정해지지 않았다. 이런 환경에서는 걸으면 걸을수록 불안해지고 오가는 말수도 줄어든다. 이때까지만 해도 하루 20km는 걸어야 완주하는 줄 알았기 때문에 마음이 다급했다. 어두워지기 전에 잘 곳부터 확보하고자 도교 사원을 찾았다. 아직 간이 콩알만 했던 우리는 사원 입구만 서성이며 쉽사리 들어가지 못했다. 그나마 인사말 정도는 할 줄 아는 내가 용기를 내어 안으로 들어갔다. 나는 책임자를 찾아가 '대만을 도보로 여행 중인 한일 부부입니다. 이곳에 텐트를 칠 수 있나요?'가 적힌 종이를 보여주었다. 그리고는 대답을 듣기도 전에 마치 죄지은 사람처럼 시선을 피했고, 너무 긴장한 나머지 맥박이 폭주하는 소리가 고막까지 울렸다. 관리자는 종이를 한 번 더 훑어보고는 이렇게 대답했다.

"뿌씽(不行; bùxíng)!"

"뿌씽…." '불가능'이란 뜻이다. 나는 갑작스레 찾아와 무례한 요구를 한 부분에 대해 사과를 하고는 나만 바라보며 서 있는 미키에게 아쉬운 표정을 지어야 했다. 다시 길을 나서자 금세 어둠이 깔렸다. 일단 허기라도 달래고자 편의점에 들어갔다. 사실 편의점은 우리에게는 마지막 보루다. 가격도 일반 슈퍼에 비해 비싼 데다, 몸에 해로운 인스턴트 음식으로 배를 채워야 하기 때문이다. 그마저도 예산에 신경 쓰다 보면 배불리 먹을 수 없다.

비는 그칠 생각을 안 하고, 편의점에서 버티는 덴 한계가 있어 다시 길을 나섰다. 그러다 화장실을 가기 위해 들린 경찰서에서 야영하려면 인근 산으로 가라는 말을 들었다.

'산??? 시간이 오후 7시다. 비도 거세고 얼추 20km를 걸었는데, 지금부터 산으로 가라는 말인가? 그래도 그곳에 가면 잘 수 있단 말이지…?'

우리는 녹초가 된 몸뚱이를 이끌고 무작정 산으로 향했으나 길이 공사 중이라 컴컴한 길을 우회해야 했다. 비는 무시무시할 정도로 내렸고, 플래시 불빛에 의존해 걸었기에 불안감이 갈수록 커졌다. 잠시 후 근거리로 보이는 언덕에 도교 사원이 나타났다. 나는 아까처럼 용기를 끌어 올릴 것도 없이 당돌하게 사원 앞까지 다가가 문을 두드렸다.

반응이 없다… 그나마 처마가 있어 비는 피할 수 있는 상황이었고 여기서 다른 곳으로 이동하기에는 미키가 너무 지쳐 있었다. 나는 일단 모든 짐을 내려놓고 사원에 있는 이름 모를 모든 신에게 허락을 구했다.

'비나이다! 오늘 하루 여기서 자고 갈 수 있도록 허락해 주소서!!!'

그리고는 우리가 수상한 사람이 아니란 걸 증명하기 위해 일부러 CCTV와 마주 보는 곳에 텐트 입구를 두고는 조심스레 텐트를 쳤다.

첫날은 무척 고생했어도 이렇게 지나가나 싶었다. 그런데 잠시 후 승용차가 한 대가 사원으로 들어오더니 심기가 불편해 보이는 말투로 나가라고 했다. 나는 안 되는 대만말에 손짓·발짓을 섞어가며 자초지종을 설명했지만, 전혀 통하지 않았다.

텐트에 들어가자마자 비옷 차림으로 잠든 미키.

최악이었다. 이때부턴 절망을 넘어 막무가내가 되었다. 우선 지도를 보고 1km 이상 떨어진 학교로 찾아가 직원에게 야영 허락을 구했다. 직원은 자신의 권한 밖이라며 우리를 돌려보냈다. 오후 9시. 상황이 이쯤 되니 예산을 떠나 호텔 숙박도 불사할 작정으로 주위를 둘러보았으나 그마저도 없었다. 이제는 걸을 의욕도 체력도 동이 났다. 일단 불이 꺼진 도서관 정자에 앉아 하염없이 멍하게 있었다. 사실 이날은 내 생일이었기 때문에 텐트에서 먹을 케이크까지 사둔 상태였다. 그러나 둘 사이에 대화는 이미 단절되었으며, 자축할 기분도 아니었다. 무엇보다 지금 당장 눕지 않으면 내일 걷지 못할 것만 같았다. 우린 절박했기 때문에 비로 축축한 바닥 따윈 개의치 않고 정자 밑에 텐트를 쳤다. 몸을 뉘우고 더는 쫓겨나지 않기를 간절히 기원하며 모든 인기척을 죽였다. 제아무리 숙련된 도둑고양이라도 우리보다 인기척을 더 잘 감출 수는 없었을 것이다. 만약 소리가 났었다면 내가 단언한다. 오직 한 번의 짧은 노래 외에는 호흡 소리조차 없었음을.

"사랑하~는 우리 남~편~~♫ 생일 축하합니다~♪"

잊을 수 없는 텐트 안 생일 파티. 근처에 화장실이 없던 관계로 액체는 일절 섭취하지 않았다.

新北

(신베이)

nuǎnnuǎn

汐止 → 17km → 暖暖

[도보 시작 : 2일 / 총 40.15km 도보]

빗물을 가르는 차 소리에 눈이 뜨였다. 텐트를 열어보니 새벽어둠이 걷히려 한다. 사람들의 왕래가 시작되기 전, 눈곱 뗄 새도 없이 젖은 텐트를 해체했다. 비는 여전히 내리고, 몸은 밤새 몰매를 맞은 것처럼 쑤셨다. 비에 젖은 신발은 내가 신은 게 신발인지 모래주머니인지 모를 정도로 무거웠다. 그래도 마음만큼은 가벼웠다. 오늘은 잘 곳이 생겼기 때문이다. 사연은 전날 밤으로 거슬러 올라간다. 나는 잠들기 전에 텐트 안으로 약하게 들어오던 와이파이를 잡아 *카우치서핑 이용자와 접촉했다. *카우치서핑(couch surfing): 해당 사이트 가입자끼리 집 소파 또는 빈 이부자리에 여행자를 재워주는 시스템. 이전에도 카우치서핑을 시도한 적은 있었으나 매번 거절당했기에 긍정적인 결과는 기대하지 않았다. 그런데 숙소 제공자인 호스트에게서 승인과 함께 환영 문구가 적힌 답신이 왔다. 그것도 실시간에 가깝게 말이다. 훗날 카우치서핑을 계속 시도하면서 알았지만, 연락을 주고받는 타이밍이 이렇게 절묘한 경우는 손에 꼽을 정도로 드물었다. 어쩌면 우리를 문전박대했던 도쿄 신들이 '옜다, 네 생일 선물!' 하며 도와준 게 아닐까….

대만에 온 이후로 한 번도 포만감을 느끼지 못했는데 아침 식사를 또 편의점에서 때웠다. 대만에는 한국과 달리 아침 식사만 팔고 문 닫는 조찬 식당이 많다. 우리는 시세도 모르고 메뉴도 읽을 줄 모르며, 주문하는 방

편의점에서 얼굴을 손에 괸 채 30분 이상 잠든 미키. 깨었을 때는 본인이 잠든 사실을 부정했다.

법도 모른다. 그래서 아직은 편의점을 찾게 된다. 오늘 예상 거리는 15km. 아직 하루 20km를 못 채우는 것은 완주에 대한 의구심을 낳게 하지만, 어제 고생을 생각하면 잘 곳을 확보하고 5km를 덜 걷는 편이 훨씬 나았다. 호스트와 만나기로 한 시간이 해 질 녘이기 때문에 천천히 걸었다. 길은 공장지대 아니면 넓은 차도밖에 없어 걷는 재미가 없었다. 아이러니하게도 우리는 몸을 움직이는 취미가 없는 사람들이다. 평소 산에 다니거나 근력 운동을 하는 사람을 보면 '어떻게 저걸 즐길 수 있지?'라는 의문부터 앞선다. 이런 우리가 걷는 행위 자체를 즐기는 것은 성격상 매우 어려운 일이다.

1. 기차역에서 비에 불어난 발을 말리는 중. 잠깐새 마른 발에 젖은 양말을 신고, 또 그 위에 젖은 신을 신노라면 그 찝찝함은 이루 말할 수 없다.
2. 길을 얼마나 잘 찾았는지는 몰라도 일단 새로운 도시에 들어오면 기념사진을 남긴다.

호스트와 만나기로 한 장소에 예상보다 일찍 도착했다. 우리는 둘 다 내성적인 데다 낯도 많이 가리는 편이지만, 은인과도 같은 호스트가 나타나면 무리해서라도 붙임성 있게 다가가려 했다. 잠시 후 호스트가 나타나고, 집을 안내받는 동안 대화를 나눠보니 호스트 역시 낯을 가렸다. 다행이었다. 구태여 입을 안 열어도 되니 말이다. 우리의 첫 카우치서핑은 현관에 재워줘도 감지덕지거늘 호스트는 근사한 방 하나를 통째로 내주었다. 덕분에 땀에 절인 몸을 뜨거운 물에 씻어내고, 덜 말랐어도 빨래까지 할 수 있었다. 저녁을 제대로 못 먹었지만 1분 1초라도 더 쉬고 싶은 마음에 식사를 건너뛰었다. 여기서 솔직하게 말하자면, 사줄 형편도 안 되는데, 우리끼리만 먹는 것이 미안해 건너뛴 것이다.

도보 여행을 시작한 지 이틀 만에 집 이불을 덮었다. 불과 이틀 만이지만 이 순간이 그렇게 그립고 아늑할 수 없었다.

'아, 내일은 또 어디서 자야 하나….'

내가 다음 잘 곳을 걱정할 때 미키는 다른 걱정을 했을 것이다. '아, 다음 샤워는 언제가 될까….'

카우치 서핑 호스트 부부. 그들은 하루 전날 연락한 우리를 흔쾌히 재워줬을 뿐 아니라 다음 날 아침밥도 챙겨주었다. 우리는 그에 대한 보답으로, 변변치 않지만 한국에서 챙겨간 북엇국을 선물했다.

新北
(신베이)

暖暖 → 22km → 瑞芳(ruìfāng)

[도보 시작 : 3일 / 총 62.15km 도보]

귀동냥으로 듣던 잠이 보약이라는 말. 몸이 입증이라도 하듯, 하루 편히 잤더니 체력이 완전히 회복되었다. 오늘은 미키의 요구에 따라 대만 필수 관광 코스로 꼽히는 지우펀(九份, jiǔfèn)으로 향했다. 함께 지우펀을 찾는 것은 4년 만이다. 당시 길을 꽉 메운 인파에 치이던 기억만이 남아 있는 나는 지우펀행을 반대했다. 그럼에도 미키는 지우펀을 고집하는 걸 보니 상반되는 인상을 가지고 있었나 보다.

지우펀과 가장 가까운 기차역 루이팡(瑞芳)을 지나면서 먹자골목에 들렀다. 지우펀에서 식비를 절약하려면 여기서 점심을 해결해야만 했다. 먹자골목은 시각적 욕구를 충족시켜 줌과 동시에 선택을 두고 갈등하게 했

완고한 여인의 뒷모습. 완고함의 장점은 무엇이든 시작했다 하면 끝까지 해내려는 근성이다. 단, 융통성이 필요한 순간에는 치명적인 단점이 된다.

다. 예산이 정해진 탓에 한 끼를 먹어도 절대 실패하고 싶지 않았기 때문이다. 미각계의 관음보살인 나와 달리 미키는 아주 신중하게 음식을 고른다. 때문에 예산 방어에는 도움이 되지만, 선정까지는 한세월이 걸린다. 이날 점심은 사진으로밖에 기억나질 않는 거로 보아 선정에 실패한 모양이다.

산 중턱 마을인 지우펀을 찾아가는 길은 위험했다. 차도밖에 없는 외길에 들개들이 배회했고, 급코너를 도는 관광버스들이 우리와 한 뼘 차이를 두고 질주했다. 안 그래도 숨이 차오르는 비탈길에 매연마저 가득했으니 이곳으로 끌고 온 당사자를 많이도 원망했다. 지우펀에 도착한 후에는 관광지라면 반드시 있는 안내소부터 들렀다. 안내소는 기차역, 관공서처럼

제아무리 가까운 사이라도 몇 날 며칠을 붙어 있다 보면 이야기 소재가 줄어들기 마련이다. 그렇다고 입을 닫고 있으면 안 그래도 고단한 길, 정적은 생각을 부정적으로 만든다. 우리는 정적을 깨는 방법으로 지적 능력을 감추고 한없는 헛소리를 늘어놓는다. 예를 들어 사진 속 길을 걸으며 나는 이렇게 말했다.

"옆에 보이는 사각 돌 한 두어 개 집어다가 집 화분으로 쓸까?"

유치하다 못해 처음에는 누구나 냉담한 반응을 보이지만, 나중에는 걷잡을 수 없는 방향으로 치닫는 상대를 마주하게 된다.

공용 와이파이를 쓸 수 있다. 여기서 카우치서핑을 알아보려 인터넷에 접속하자 대만 친구 마크로부터 메일이 도착해 있었다. 내용은 이러했다. 조금 전 지우펀을 지나는 버스 안에 있던 마크는 승객들이 걸어 오르는 여행객에 관해 이야기하는 걸 들었다. 최근에도 연락을 주고받은 마크는 그 여행객이 우리라는 걸 직감적으로 알았고, 안내소의 도움으로 전화 연락이 닿아 저녁에 지우펀을 찾기로 했다. 마크를 만날 수 있다는 건 기뻤다. 하지만 저녁까지 이곳에 묶여 있어야 한다는 게 내키지 않았다. 이왕 이렇게 된 거 어떻게든 잘 곳을 찾아보기로 하고 안내소 측에 야영 장소를 물었다. 그러자 근처 학교에서 가능할 거라는 말을 들었다. 도보 이래 처음으로 들은 "가능"이란 말에 흥분된 발걸음으로 학교를 찾아 나섰다. 여기서 또 신기한 일이 벌어졌다. 성인 서너 명이면 꽉 차는 계단에서 미키가 한국인 단체를 발견한 것이다.

나는 평소 외국에서 한국인을 만나도 인사를 하지 않는다. 낯을 가린다는 이유도 있지만, 초면에 깊숙이 들어오는 접근이 부담스럽기 때문이다. 그런 나의 성격을 아는 미키는 어디선가 한국인만 보면 인사하고 오라는 장난을 친다. 이날도 미키의 장난은 예외가 없었고, 나는 얼떨결에 한국인 단체와 같은 계단을 밟으며 인사를 하게 되었는데… 곧 걸음이 멈춰지며 낯이 익다 싶더니….

"헉!!! 안녕하세요!!!"

대만에 오기 불과 3주 전에 모 관공서에서 <저가 여행>을 주제로 강의를 한 적이 있다. 처음 의뢰가 왔을 때는 취지를 들어보기도 전에 거절했다. 남들 앞에 설 역량도 안 될뿐더러 하고 싶은 이야기도 없어서이다. 그런데도 관계자는 계속해서 강연 요청을 해왔고, 나는 대체 어떤 양반들이 연락해오는지 궁금해 승낙해 버렸다가 환상적으로 강연을 말아먹었다. 그때 참석했던 분들이 단체로 대만에 간다는 이야기를 듣기는 했었는데, 한날한시에 이 좁은 골목에서 마주치게 될 줄은 누가 상상이나 했겠던가? 강연 당시 나에게 인신공격을 했던 참석자는 끝내 내 눈을 보지 않았다.

잠시 흥분했던 가슴을 가라앉히고 다시 원점으로 돌아왔다. 알려준 학교를 찾아갔으나 기대를 팽개치듯 "뿌씽!" 학교에서 가보라는 도교 사원에서도 "뿌씽!"이었다. 지우펀은 길이 전부 급경사인 데다 반나절 꼬박 짐을 메고 있던 터라 힘이 쭉쭉 빠졌다.

다시 잘 곳을 찾아 헤매던 중 마크와 만나기로 한 약속 시각이 되고, 마크가 그의 여자 친구 베티와 함께 나타났다. 마크는 혼자서 대만 달리기 일주한 경험이 있어 많은 조언을 해주었다. 특히 위험 구간이나 들개 쫓는 법 등은 경험자만이 해줄 수 있는 조언이라 적어가며 새겨들었다. 베티는 처음 보는 우리에게 여한 없이 먹어두라며 어마어마한 양의 저녁을 사주었다.

마크를 만난 김에 미뤄놨던 과제를 부탁했다. 배낭 커버에 [대만 도보 일주]를 테이프로 붙이는 일이었다. 이걸 한 이유는 도로를 좀 더 안전하게 걷고, 기차, 버스를 기준으로 길을 알려주는 현지인들에게 '도보'라는 것을 인식시키기 위해서였다.

마크와 헤어지며, 그가 걱정할 것을 우려해 텐트가 있는 한 잘 곳 걱정은 전혀 하지 않아도 된다고 말하는 등 강한 척을 했다. 밤이 깊어진 상태. 위는 한 치 앞을 모르는 첩첩산중이고, 아래는 낮에 걸어왔던 길이다. 여기서 우리의 의견이 날카롭게 엇갈렸다. 나는 산에 대피소가 있을 거라 확신하여 위로 갈 것을 주장했고, 미키는 내일 가고 싶은 관광지가 있으니 왔던 길을 따라 그곳까지 가자고 주장했다. 미키가 말한 곳은 지금 서둘러도 밤 10시가 넘어야 도착한다. 그리고 힘들게 올라온 길을 다시 내려가는 게 과연 합리적인지 따졌지만, 미키는 들은 체도 안 하고 또 완고한 발언을 했다.

"모처럼 대만에 왔는데, 가고 싶은 곳, 추천받은 곳 다 건너뛰고 걷는 게 무슨 재미냐? 이럴 거면 얼어 죽어도 집에 있었지!"

내 입장은 이러했다.

"표지판 보고 잠깐 저기 가볼까 하는데 2시간, 왕복하면 4시간이 걸리는데 이렇게 하면 3개월은커녕 반 년이 걸려도 완주를 못 하겠다!"

나는 여기에 주장을 더 덧대고 싶었지만, 그러면 싸움만 커지고 이전에도 지우펀에서 크게 싸운 기억이 있어 결국 미키의 말을 따르기로 했다.

오후 8시. 가로등만이 길을 밝히는 도로는 버스뿐 아니라 화물차까지 질주하였기에 맘 놓고 걸을 수 없었다. 결국 걸음을 멈추고 도로 구석에 선 우리는 멘붕에 빠졌다.

'뭣 같네, 진짜… 이딴 짓거리를 왜 하고 자빠져 있는 거야…'

욕이 절로 튀어나왔지만, 가만히 있어 봐야 상황만 더 나빠질 뿐이었다. 일단 지도를 보고 근처 학교를 찾아가 절실한 표정으로 야영 허락을 구했다. 하지만 딴 데 가라는 손짓으로 답을 대신했다. 도로에 드러누울 수도 없고 참으로 난처했다. 다음 학교를 찾아가려 해도 야간 산행은 위험 부담이 컸다. 나는 어떻게든 근방에서 잘 곳을 해결하기로 마음을 굳혔다. 마을 한편에 어르신들이 모여 있는 모습을 발견하고는 무작정 텐트를 칠 수 있는 장소를 물었다. 어르신들끼리 알아들을 수 없는 말로 의견을 나누더니 서로 다른 곳을 가리켜 혼란스러웠다. 이때 검은 세단이 속도를 줄이며 다가오더니 조수석 창문을 통해 말을 걸어왔다.

"도움이 필요한가요?"

나는 조금도 지체하지 않고 대답했다.

"야영할 곳을 찾고 있습니다!!"

운전자는 서둘러 뒷좌석을 치우며 말했다.

"여기 바로 앞이 내가 사는 곳이니 괜찮다면 자고 가요."

이 모든 과정이 10초도 채 안 되는 짧은 순간에 진행되고, 우리는 아무런 경계심도 없이 촉에만 의존하여 일면식도 없는 사람의 집안까지 들어갔다. 대만에서 처음으로 들어간 가정집은 1층이 부엌, 2층이 거실 겸 안방, 3층이 사무실 겸 손님방으로 한눈에도 우리가 잘 공간은 충분해 보였다. 집에 있던 가족들은 오밤중에 뜬금없이 나타난 두 외국인을 따뜻하게 반겨주었다. 말이 서툴렀기에 속에 담긴 감사하다는 말을 제대로 전달하지 못했다. 그러나 이 부분에 대해 결례가 되었다고는 생각하지 않았다. 우리의 표정은 이미 '감사' 그 이상을 표현하고 있음을 체감하고 있었기 때문이다.

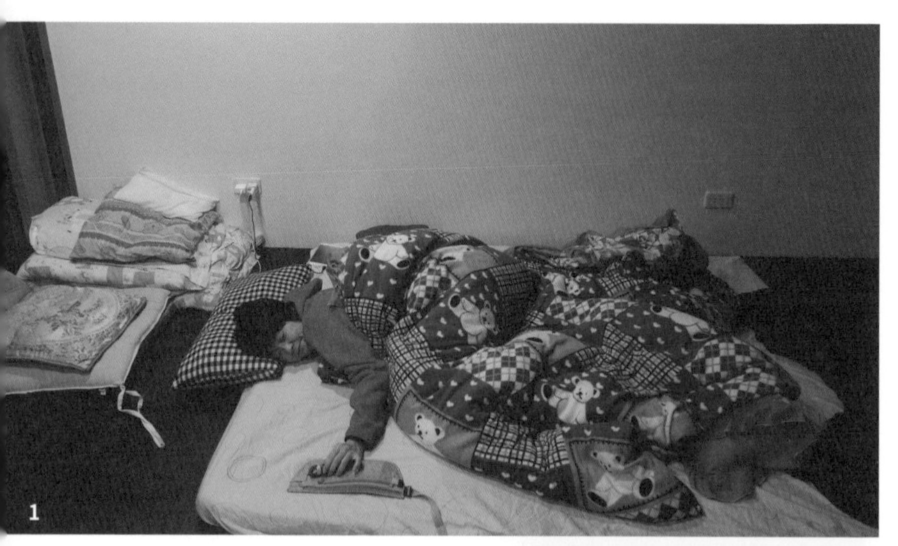

1. 살면서 이렇게 길었던 하루가 있을까 싶을 정도로 긴 하루는 따뜻한 정, 따뜻한 차, 따뜻한 샤워 덕분에 더할 나위 없이 포근히 잠들었다.

2. 난처했던 우릴 구원해준 jacky wang과 그의 아들. 이날 일어난 일들은 미리 짜인 시나리오라고 밖에 생각되지 않을 정도로 우연의 연속이었다.

新北

(신베이)

瑞芳 → 21.72km → 雙溪(shuāngxī)

[도보 시작 : 4일 / 총 83.87km 도보]

jacky wang이 아침 식사가 준비되었음을 알리며 깨우러 왔다. 타인의 호의에 익숙지 않은 미키는 이런 대접이 불편했는지 한술만 뜨고 떠나자고 했지만, 나는 언젠가 은혜를 갚을 수 있기를 희망하며 공손히 배를 채워나갔다.

오늘은 어제 저녁에 가려 했던 옛 탄광 마을 호우동(猴硐, hóudòng)으로 향했다. 도보 시작 시점에 미키가 급히 화장실을 찾았다. 미키를 대신해 인근 초등

학교에 들러 화장실이 있는 곳을 물었다. 묻는 상대가 아이들이라 그런지 외국인의 중국어에 다들 고개만 갸우뚱했다. 혹시 성조를 틀렸나 싶어 여러 높낮이로 말을 바꿔봤다. 아이들이 갑자기 말을 알아듣더니만 배를 잡고 깔깔댔다. 몇몇 녀석들은 내가 한 말을 따라 하며 거의 실신하듯 쓰러졌다. 그러고 보니 까맣게 잊고 있었다. 본토 중국어와 대만식 중국어가 조금 다르다는 것을… 가령 대만에서 '아가씨'로 쓰이는 단어가 중국에서는 '술집 아가씨'로 쓰이니 내가 엉뚱한 말을 했던 게 분명하다. 미키가 볼일을 보는 사이 아이들은 끊임없이 나를 놀려댔다.

탄광 마을 전에 들린 또 다른 초등학교. 과거 태풍 피해로 인해 폐교 위기에 놓였다가 독특한 디자인으로 재건된 후, 호우동 관광코스가 되었다.

hóudòngguóxiǎo
▎猴洞國小 MAP : N25.095528, E121.833368

호우동 관광안내소에서 전날 지우펀에 있던 안내원을 또 만났다. 그녀는 걸어서 대만 일주를 한다는 우리를 친자식처럼 만류했다.

▌옛 탄광마을 호우동 MAP : N25.087060, E121.827427

반경 2km도 안 되는 호우동에서 짐을 멘 채 2시간을 돌아다녔다. 현재까지 8km를 걸었는데 이동 거리는 4.5km에 불과했다. 앞으로 최소 15km는 더 걸어야 했다. 15km가 남았다고 생각하는 순간 멀쩡했던 몸에 피로가 몰려왔다. 호우동을 벗어나자 인적 하나 없는 산길이 나타났다. 여기서부터 대도시 타이베이와는 완벽히 멀어진 느낌이었다. 비탈진 포장도로를 오르는 도중 미키가 발가락 통증을 호소했다. 신발이 문제였다. 미키가 신은 신발은 내가 스페인 순례길에서 주워온 등산화다. 도보 800km나 되는 완주 지점에서 주워왔기 때문에 밑창은 이미 반질반질한 상태였다. 지나가는 사람이 하나도 없는 포장도로에서 이끼 낀 비탈길을 온전치 못한 신발로 오르려니 발에 무리가 간 것 같았다.

고개를 넘고 힘이 빠져버렸다. 잠시 화장실에 다녀오기 위해 경찰서에 들렀다. 경찰관은 우리 가방에 적힌 '대만 도보 일주'를 보더니 따뜻한 차를 내왔다. 우리는 다 같이 의자에 앉아 차를 마시며, 텔레비전을 시청했다. 한국과 일본에서는 상상하기 어려운 경찰서 휴식. 대만은 경찰서에서 여행객들에게 많은 편의를 제공하는데, 그것이 업무의 일부처럼 되어있다고 한다.

경찰서에서는 화장실을 이용할 수 있고, 정수기가 있어 물을 받을 수 있다. 서의 규모에 따라서는 와이파이나 충전 콘센트가 있기도 하다. 여행객에게 경찰서는 관광안내소만큼이나 고마운 존재다.

15km를 걸어 작은 마을에 들어왔다. 대부분의 상점이 오래전에 떠난 듯한 마을을 지나면서 이따금 사람이 보이면 '어제처럼 누가 재워주면 좋으련만…' 하는 막연한 기대를 했다. 미키는 그런 나에게 넉살 좋은 기대 따위는 하지 말라며 냉정하게 말했다. 가만 보면 미키는 잘 곳이 없는 것에 대해서는 걱정하는 법이 없다. 인도나 태국을 여행할 때도 그랬다. 숙소에 빈방이 없으면 로비에 텐트 치고 잘 테니 최대한 싸게 해달라는 식이었다.

아직 갈 길이 많이 남았건만 오전에 관광을 한 탓에 지쳐버렸다. 눈앞에 을씨년스러운 아파트를 두고 힘겹게 마을 끝에 다다랐다. 그때 우리 옆을 나란히 걷던 아저씨에게 미키가 인사를 건넸다. 아저씨는 나지막이 묵례를 하더니, 마치 대화 상대가 필요했다는 듯이 속사포와 같은 속도로 말을 건네왔다. 그의 이름은 왕 선생. 왕 선생은 우리가 제대로 알아듣지 못하고 있음에도 영어와 현지어를 섞어 혼잣말을 하더니 집에서 차를 마시고 가라고 권유했다. 조금 고민됐다. 마지막 체력을 쥐어짜고 있는 지금 쉬어버리면 다시 움직이기가 힘들어지기 때문이다. 그러나 이런 고민도 잠시, 대만 가정집에 대한 호기심이 많았던 우리는 왕 선생 집을 방문했다.

을씨년스럽다고 생각했던 아파트가 그의 집이었다. 엘리베이터가 없어 어스레한 조명에만 의존해 5층까지 올라갔다. 문 앞에 도착하자 왕 선생은 집 문을 마치 금고 문 열 듯이 열었다. 다른 집들과 차별화된 보안은 우리를 긴장하게 했다. 문이 열리고 제일 처음 눈에 들어온 현관은 평범했다.

그러나 현관을 지나는 순간 그가 왜 문을 복잡하게 열어야 했는지 알게 만드는 물건들이 펼쳐졌다.

왕 선생은 차를 내오며 일본 화가들의 작품집을 보여주었다. 그림은 언어가 필요 없으니 외국인들과의 교감 채널로 적합했다. 식구가 떠나 혼자 지내는 왕 선생은 사람이 그리웠던 티가 날 정도로 기분이 좋아 보였다. 애초에 차만 마시고 가려 했지만 왕 선생의 권유로 하루 동안 머물게 되었다. 그때부터다. 우리가 짐을 풀자마자 왕 선생은 집안의 값진 골동품은 다 꺼내오기 시작했다. 마치 박물관 관장처럼 어찌나 자랑스럽게 설명하던지 우

리는 그가 실망하지 않도록 가치를 아는 양 맞장구쳐야 했다.

오늘도 기적처럼 잘 곳이 해결됐다. 누군가 잘 곳을 마련해줬으면 하던 막연한 기대가 어제에 이어 실현된 것이다. 다만 조금의 차이는 있다. 어제는 일방적인 구원을 받았다면, 오늘은 서로가 서로를 구원한 만남이었으니….

왕 선생이 수집 중인 골동품들. 이 중 몇 개는 박물관에 기증하여 해당 유물집에 그의 이름이 실려 있다.

왕 선생의 삶이 물씬 느껴지는 사랑방

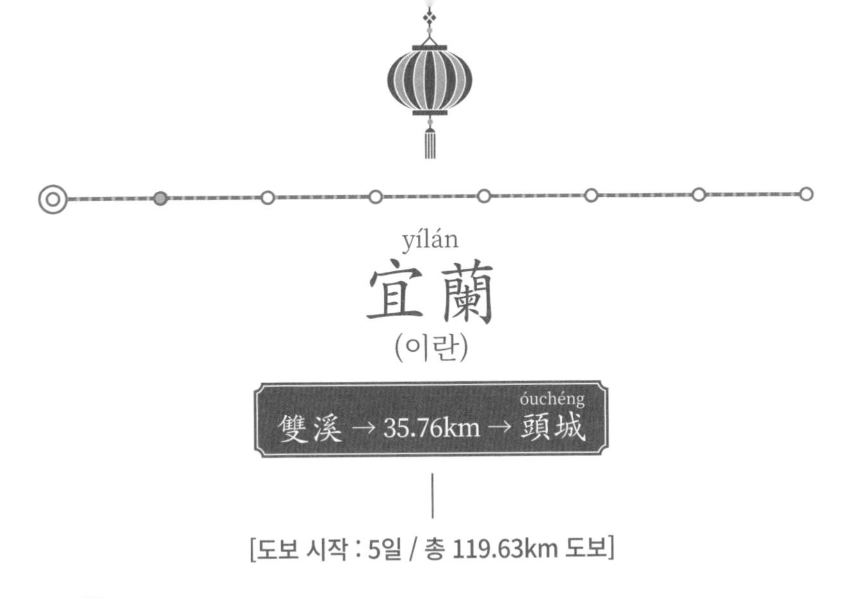

yílán

宜蘭

(이란)

óuchéng

雙溪 → 35.76km → 頭城

[도보 시작 : 5일 / 총 119.63km 도보]

앞으로 지나가야 할 지역 카우치서핑 호스트들에게 메시지를 보냈는데 그중 한 곳에서 승인 메일이 왔다. 뛸 듯이 기쁜 마음 때문에 진짜 뛰고 싶을 정도였다 어제 5km를 덜 걷는 바람에 목적지까지 35km를 걸어야 했기 때문이다. 참고로 35km 면 빠른 걸음인 시속 5km로 걸어도 7시간이 걸린다. 그것도 평지를 쉬지 않고 걸었을 때 이야기다. 아직 거리 감각이 없던 우리는 호스트에게 오후 3시까지 가기로 말해 놓은 탓에 새벽 6시에는 이미 길 위에 서 있었다.

왕 선생의 배웅을 받고 머지않아 머리를 쥐어뜯게 만드는 갈림길과 마주했다. 갈림길 ① - 10km를 우회하는 평탄한 길. 총거리는 45km로 늘어

이틀 연달아 현지인 집에서 신세를 졌다. 여행 초반에 이들의 호의 덕분에 힘들기만 하던 걷기가 좋아지기 시작했다.

난다. 길을 헤매거나 변수가 생기는 순간 오늘 내 도착은 장담하지 못한다.
갈림길 ② - 산 능선 두 개를 넘어가는 길. 지도상의 길이 명확하지 않고, 해발도 모른다. 산을 통과하는 수직거리만 10km인 게 확인되었는데, 고도차가 심할 경우 저승길로 떠날 수도 있다.

미키는 ① 나는 ②.

의견이 또 엇갈렸다. 여기서는 장거리 도보 경험이 있는 내가 앞장섰다. 본격적인 산행에 앞서 무거운 짐은 내 배낭으로 몰아넣었다. 갑자기 무게가 부담스러워졌지만, 미키의 댓 발 나온 입을 도로 넣으려면 이 정도 수고는 감내해야만 했다. 산행은 시작부터 헷갈리는 길 투성이였다. 내가 길을 들어섰다 돌아 나오기를 반복하자 미키는 지금이라도 본인이 선택한 길로 가기를 원했다. 나는 이론상 길이 없는 게 말이 안 된다며 뒤도 안 보고 전진했다. 자신이 없으니 막무가내였다. 경사는 점점 심해지고, 설상가상으로 막다른 길까지 나오자 미키의 짜증이 폭발했다. 이걸 받아친다면 싸울 게 뻔하니 대꾸를 사절한 채 생각해봤다. 과거 그 어떤 교통수단도 없던 시절, 대만 선조들도 분명히 이 길을 통과했을 것이라고…. 돌이켜보면 그건 상식이 아니라 그저 길이 나타나기를 바라는 자기 최면에 가까웠다.

산을 넘기 전 도교 사원에 들러 길을 물어봤다. 사원 관리자는 고개를 저으며 오렌지와 배, 사과를 건네왔다. 아마 이거 먹고 힘내서 다른 길로 가라는 의미였던 것 같은데, 나는 이거 먹고 힘내서 미키를 산으로 끌고 갔다. [구호물자 수령 횟수 : 1회]

산세가 깊어질수록 사람의 흔적이 없었다. 표지판은 이끼가 잔뜩 끼여 있어 식별이 불가능했다.
정글을 연상케 하는 우거진 숲에서는 엎어지면 닿을 거리에 노루가 뛰어다니기도 했다.

몸이 뒤로 쏠리는 급경사 앞에서 정상까지 태워준다는 차가 나타났다. 도보만 고집하던 우리는 탑승을 사양했다. 머지않아 주머니에서 엉킨 이어폰보다 더 엉킨 길을 만나면서 떠나간 엔진 소리가 귓가에 아른거렸다.

1. 정상을 앞두고 온 힘을 다해 인상 쓰는 중.

2. 사진이 내 블로그에 쓰이는 걸 아는 미키는 렌즈가 향하면 가급적 밝은 표정을 지으려 한다.
표정에는 성공했으나 말린 옷으로만 눈길이 간다.

하산 길 도교 사원에서 휴식 중인 우리에게 식사와 간식을 챙겨주더니, 묵고 가라며 방까지 보여주었다. 당장이라도 호의에 기대고 싶었으나 호스트를 기다리게 할 수는 없는 노릇이라 훗날을 기약해야 했다.

지인은 물론 가족들로부터도 "미키니깐 네 옆에 붙어 있는 거야!"라는 말을 많이 듣는다. 밧줄이 난간을 대신하는 길을 앞장서는 미키를 보면서 그 말의 의미를 알 것 같은 기분이 들었다.

오후 2시.

마침내 산을 빠져나왔다. 호스트와 만나기로 한 시간이 다가오는데 아직 15km나 남았다. 이 시점에서 미키는 다리가 아파서 못 걷겠다 하고, 나는 신발 끈이 끊어져 걸음걸이가 불편했다. 일단 호스트에게 연락을 취해 약속 시간을 미룬 뒤, 스틱으로 미키를 밀며 걸었다. 겨우 도달한 평지였는데도 다시 산에 오르는 것처럼 숨차 올랐다. 만약 이날 길에서 들은 수많은 "짜요(加油 jiāyóu : 파이팅)"와 승용차 조수석으로 건네받은 손 난로가 없었더라면 길바닥에 주저앉았을 것이다. [구호물자 수령 횟수 : 2회]

오후 7시.

출발한 지 13시간 만에 호스트 집에 도착했다. 둘의 행색이 어찌나 꾀죄죄하던지 호스트를 쳐다보기가 민망할 정도였다. 호스트는 우리가 타이베이에서 걸어왔다는 얘기를 듣더니 자기가 힘겨운 표정을 지었다. 처음 연락할 때 걸어간다는 말은 했지만, 그 시작점이 타이베이라는 말은 하지 않았었나 보다. 우선 냄새 처리가 급했던 우리는 밥도 안 먹고 샤워부터 했다. 손가락 하나 까딱하기 귀찮았던 나는 샤워와 빨래를 동시에 할 작정으로 옷을 입은 채 무릎 꿇고 샤워를 했다. 몸의 긴장이 풀리자 근육이 경직되기 시작했다. 미키도 나도 무릎이 굽혀지지 않아 골반 힘으로 다리 전체를 움직여야 했다. 내 기억 속에 이렇게 힘든 날은 일찍이 없었다. 경험 부족과 무모함이 만든, 일종의 임종 체험이었다.

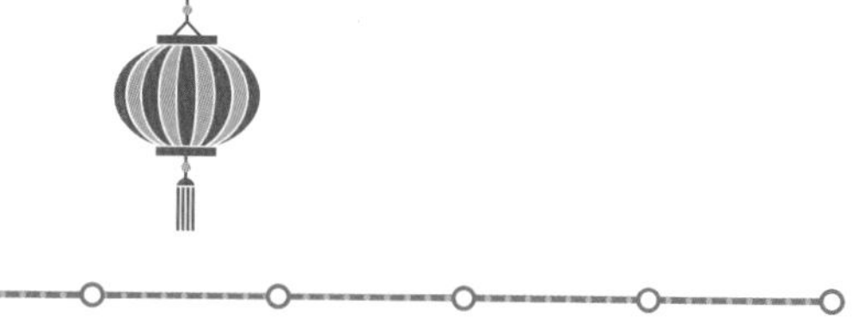

宜蘭
(이란)

頭城

[도보 시작 : 6일]

호스트의 배려로 하루를 더 머물게 되었다. 오늘은 가볍게 산책을 도는 것으로 일과를 마칠 예정이었음에도 아침부터 눈이 떠졌다. 새벽에 일어나는 게 몸에 배어 자연스레 아침형 인간이 된 것이다. 회사원들이 들으면 가소롭겠지만, 한 명은 반백수, 또 다른 한 명은 완전 백수인 우리가 아침에 활동하는 것은 자신 있게 내세울 거리가 된다. 아침 산책을 하기 전에 미키의 걸음걸이가 이상하다고 느껴졌다. 골반부터 발꿈치까지 연골이 없는 사람 마냥 부자연스러웠다. 일본에서는 다리에 피로함을 느낄 때 '다리가 막대기가 됐다.'라는 표현을 쓴다. 당시 미키는 "다리가 쇠망치가 됐다."라는 표현을 쓰면서 가지각색의 몸 개그를 시연했다.

호스트 집에서 첫날 이후 줄곧 젖은 채 보관해온 텐트를 말렸다.

자국에서 일도 안 하고 추위를 피해 도망 온 동심들.

▎토우청 옛 거리(頭城老街 tóuchénglǎojiē) MAP : N24.857022, E121.824155

頭城老街 무드 실패 3종 세트.

실패 사례 ① - 아치형 문에 기대어 개항을 꾀하는 혁명가의 사색을 표현하려 했으나, 머리가 걸인으로 나와서 실패.

실패 사례 ② -⊠사명감 넘치는 언론인을 표현하려 했으나, 벗어진 이마로 시선이 쏠려 실패.

실패 사례 ③ -⊠난생처음 선조 땅을 밟은 재외 동포를 표현하려 했으나, 엉덩이가 바지를 먹어 실패.

같은 아시아권인 우리는 대만인과 명확히 구분되지 않는다. 이 때문에 도보 중에 한 가지 문제가 발생하는데 바로 사람들이 현지어로만 말을 걸어온다는 점이다. 틈틈이 기초회화 공부는 하고 있었지만, 일상회화는 거의 알아듣지 못하는 우리는 사람들의 질문에 엉뚱한 웃음으로 답하거나 대만인이 아닌 것을 일일이 설명해야 했다. 실수로 오해가 생기는 날도 있겠다 싶었다. 그래서 배낭 커버에 [台灣徒步一圈(대만 도보 일주)] 외에도 [日韓夫婦(일한 부부)]를 덧붙였다. 효과는 확실했다. 사람들이 우리가 외국인인 것을 인식하게 되었고, 영어나 일본어로 말을 걸어오는 사람이 부쩍 늘었다. 사실 둘 사이에는 문제가 안 되지만, 각국을 붙여 말할 때 '한일', '일한'의 순서는 받아들이는 이로 하여금 민감한 사항이다. 왜 2002 월드컵 때도 'KOREA/JAPAN' 'JAPAN/KOREA' 순서 때문에 감정싸움이 있지 않았던가. 자칭 평화주의자인 우리는 어느 쪽에도 치우치지 않도록 공평한 합의를 하기에 이르렀다. 동쪽은 '일한'으로 가되 서쪽부터 '한일'로 바꾸기로.

宜蘭
(이란)

頭城 → 22.5km → 宜蘭

[도보 시작 : 7일 / 총 142.13km 도보]

타이베이를 벗어난 지 일주일. 농경지가 늘고 횡단보도가 줄었다. 걷기는 한결 수월해졌지만 차들은 무섭게 질주했다. 오늘은 이란(宜蘭) 현에서 가장 번화한 이란 역전이 목적지다. 야영이 어려울 것으로 예상하여 미리 카우치서핑을 시도했으나 어디에서도 답은 없었다. 애써 기대하지는 않았으므로 실망할 것도 없었다. 그러나 도착해서 잘 곳을 찾아 헤맬 생각을 하니 아쉬운 건 사실이었다.

대도시의 남부럽지 않은 직장에 다녔다던 호스트. 일에 지친 나머지 현재 연고도 없는 지방에서 소박한 식당을 운영하며 산다.

도롯가 빵집에서 전화 부스에 설치된 무료 커피자판기를 발견했다. 참새인 우리가 방앗간을 지나칠 리 있는가? 즉석에서 합 5잔을 마셔버렸다. 무료라고 손님 유인용 커피를 탐한 참새들은 현재 본인들의 소행을 반성 중이라고 전한다.

▍찌아오시 온천 공원(礁溪溫泉公園) MAP : N24.831356, E121.776598

이틀을 쉰 덕분에 몸이 한결 더 가벼워졌으나, 산을 넘어온 후유증은 남아 있었다. 우리는 그 피로를 풀기 위해 온천 마을 찌아오시 온천 공원에 들렀다.

온천 공원에는 여성 출입이 금지되는 무료 남탕이 있다. 야외인 데다 담장도 높지 않고, 입구를 닫는 문조차 없어 뭇 여성들에게 설레는 장소가 아닐 수 없다.

차도에서 구호물자를 전달받았다. 넉넉히 먹고 싶어도 둘이서 하나를 쪼개 먹던 고기만두가 무려 3개씩이나 들어 있었다. 이는 고기가 몰린 쪽을 당당히 베어 먹어도 되는 양이었다.
[구호물자 수령 횟수 : 3회]

길이 평탄하여 별다른 힘을 들이지 않고 이란에 도착했다. 대낮부터 사람이 많이 보이고, 시내에서는 활기가 느껴졌다. 이런 분위기는 잠시 동안은 반갑지만, 심적으로는 외톨이가 된 느낌을 준다. 빈곤한 도보 여행은 짜인 여행과 사뭇 다른 외로움이 있다. 아무리 관광지라도 마음이 들뜨지 않는다. 거기에 기본적으로 야영을 해야 한다는 사실 때문에 기운까지 빠졌다. 먼저 다가올 밤을 위해 해야 할 일을 분담했다. 미키는 관광안내소에 들러 각종 전자기기를 충전시켰고, 나는 합법적으로 또는 동의하에 야영할 수 있는 야영지를 찾아 온 시내를 찾아다녔다. 마땅한 장소가 없었다. 그나마 찾은 곳이라고는 사방이 트인 야외 주차장이나 공중화장실 뒤의 으슥한 골목이었다. 혹시나 하는 마음에 인터넷을 뒤져봐도 예산에 맞는 저가 숙소는 없었다. 일단은 어두워질 때까지 관광안내소에서 시간을 보내다가 이란 기차역으로 갔다. 역 노숙을 감행하기로 한 것이다. 밤이 깊어갈수록 행색이 수상한 사람들과 역무원이 우리를 쳐다보는 시선이 불편하게 느껴졌다. 무엇보다 불혹이 넘은 미키를 역에서 재워야 한다는 게 면목없던 나는 다시 한 번 야영지를 찾아 나섰다. 확실히 밤에는 낮보다 절실해져서인지 누구에게도 발각되지 않을 장소를 찾아냈다. 이제 텐트만 치면 된다. 그 전에 최소한 세수와 양치는 해야 덜 찝찝하기 때문에 역 화장실에서 모든 걸 해결했다.

저녁 10시가 되어서야 텐트를 쳤다. 쫓겨날 상황에 대비해 입던 옷차림 그대로 침낭에 들어갔다. 머리가 바닥에 닿는 순간, 고단함이 풀리면서 나

른해졌다. 몸이 으슬으슬하고, 바닥이 비스듬한 것을 또렷이 느끼면서도 손가락 한 마디 까딱할 힘조차도 없었다. 항상 하던 취침 인사도 생략했다. 그저 지금 감은 눈을 떴을 때, 어정쩡한 새벽만 아니기를 바랄 뿐이었다.

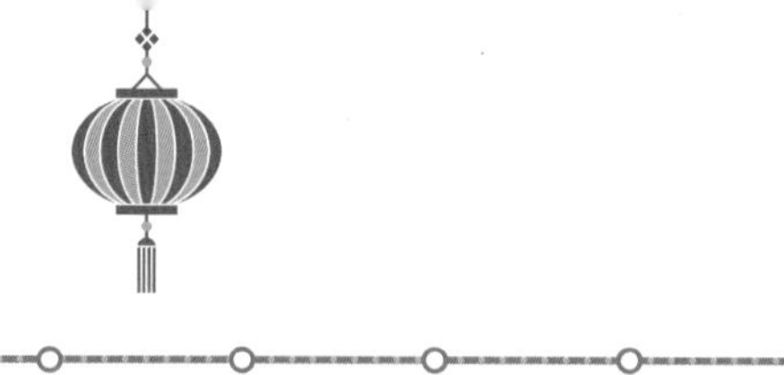

宜蘭
(이란)

宜蘭 → 14km → 羅東

[도보 시작 : 8일 / 총 156.13km 도보]

아직 한밤중인 새벽 5시에 텐트를 철수했다. 다시 올 기약이 없는 이란까지 와서 그냥 떠나기 아쉬워하던 미키를 위해 해가 뜰 때까지 무려 3시간 동안 패스트푸드점에서 버틴 후 루통(羅東)으로 향했다. 루통에는 나와 친분이 있는 미국인 루크와 그의 부인 타냐가 살고 있다. 내가 그들을 알게 된 건 2013년 여름 대만 *난아오 자연농원(南澳自然農園 nánàozìránnóngyuán)에서다. 오늘과 내일은 그들이 사는 아파트에서 신세를 지기로 했다. *난아오 자연농원: 도보 12~15편 참조.

▌이란역 지미공원(幾米公園, jimigongyuan).MAP : N24.75257, E121.756959
대만의 동화작가 지미 리아오의 작품으로 꾸며진 이란 관광 명소.

비상깜빡이를 켜고 구호물자를 건네온 차량. [구호물자 수령 횟수 : 4회]

루통에 도착하여 마을을 걷던 중 아들이 일본 유학 중이라는 아저씨 집에 초대받았다. 흑백사진에서 튀어나 온 듯한 아저씨는 일본 말을 수준급으로 구사하면서, 손수 만든 음식들을 차려주었다.

루크와 타냐. 경상도에서도 1년간 거주했던 미국인 부부다. 대만에서 남편 루크는 농사일과 숙식을 교환하는 우프(woof)를 하며 자급자족을 배우고, 아내 타냐는 영어를 가르치고 있다. 가정에서의 역할 분담은 확실했다.

루크 - 가사와 아내 내조, 틈틈이 텃밭을 일구며 유기농을 공부.
타냐 - 집안 생계를 책임지고 있으며, 오로지 일에만 집중.

상식적인 잣대로 보면 남편과 아내의 역할이 뒤바뀌었다. 여유 따윈 없으면서 매년 장기 여행을 떠나는 우리 부부도 범상치 않지만, 이들은 우리 눈에도 특별하게 보였다. 물론 처음부터 특별한 건 아니었다고 한다. 번듯한 직장을 다니던 루크는 아시아 여행을 계기로 가치관이 달라졌다. 그는 환경을 진지하게 생각하게 되었고, 채소를 길러 먹기 시작했다. 그렇게 자연스레 자본주의와 거리가 멀어진 루크를 대신해 타냐는 기꺼이 생계를 도맡았다. 그 결과 루크는 물론이요, 타냐 역시 굉장히 흡족스러운 삶을 살고 있다. 타냐는 자랑스럽게 말한다. 루크가 자신의 출근 준비와 가사를 도맡아 해주는 것이 맞벌이보다 훨씬 좋다고. 이들을 보며 우리의 관계는 어떠한가 생각해봤다. 아직 자기애가 강하게 공존하는 우리는 서로를 바꾸어보려는 야욕을 품고 있는 것 같았다. 서로 아끼던 시절이 과거가 된 것도 아닌데, 몸이 피곤할수록 자기애는 아주 노골적으로 드러난다.

루크와 타냐가 외국인이 거의 없는 루통에 사는 이유는 도시와 비교하면 집세도 저렴하고, 번잡하지 않기 때문이라고 한다.

이틀 동안 제공받은 사랑방은 방 안에 개인 화장실까지 있어 웬만한 호텔 부럽지 않았다.

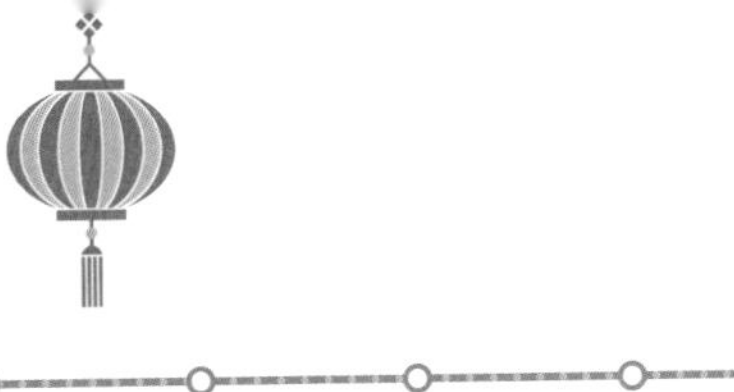

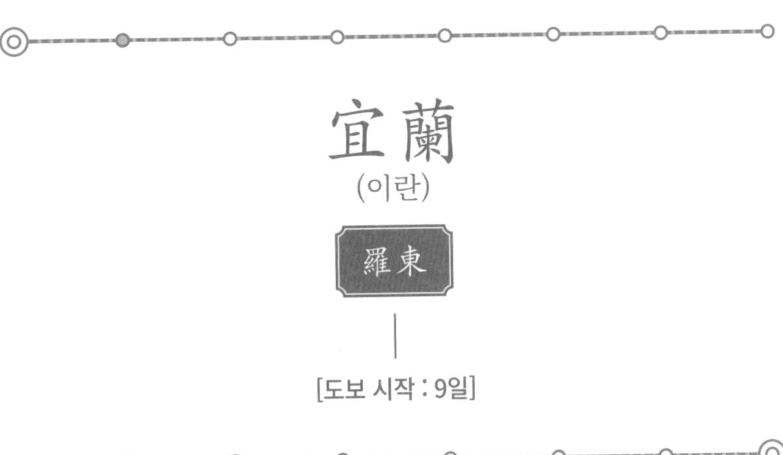

안락한 잠자리를 제공한 답례로 미키가 아침 식사를 준비했다. 메뉴는 일본 카레와 피딴(皮蛋 pītan)이다. 이름만 들어도 생소한 피딴은 우리 문화권에서는 먹지 않는, 이른바 삭힌 오리알이다. 짠맛이 강한 데다 톡 쏘는 암모니아 향까지 풍겨 비위가 강한 나조차도 눈길이 가지 않는다. 아침부터 일식을 기대한 두 미국인 앞에 피딴이 놓이자 타나는 표정 관리가 되지 않았다. 그러면서 이렇게 말했다.

"oh… 난 정말이지 음식을 안 가려… 그러나 피딴만큼은… 피딴만큼은 예외야…."

피딴을 준비 중인 미키. 그나마 카레도 같이 만들었기에 굶은 사람은 없었다.

1. 식사 후 루크네 텃밭을 구경했다. 퇴비는 집안 짬밥을 지렁이에게 공급하여 자가로 만들었다.
2. 본 주인이 관리를 포기한 땅을 무상으로 임차한 텃밭은 지면이 보이지 않을 정도로 잡초가 무성했다고 한다. 루크는 제초 과정에서 수없이 손을 베인 이야기를 하면서 느닷없이 가운뎃손가락을 치켜세웠다.
3. 이날 오후 다 함께 무료 계곡 온천을 다녀왔다. 1시간이나 빗살을 헤쳐나가는 기사의 터프한 주행에 승객은 감격의 콧물을 쏟았다.

▌계곡 온천(梵梵溫泉) MAP : N24.616121, E121.523396

fànfànwēnquán

시원한 계곡물과 바닥에서 솟는 온천이 합쳐져 절묘한 온도를 만들어 냈다. 나에게는 계곡 온천을 처음 체험하는 것만으로도 집 떠나온 가치가 충분히 느껴졌다.

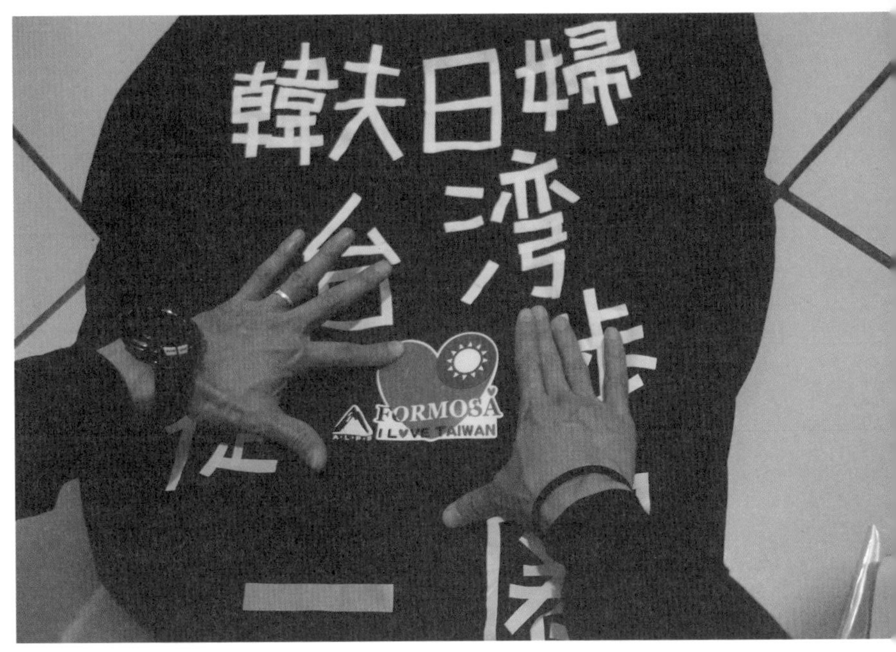

최근 수정한 [日韓夫婦台湾徒步一圈]은 표현도 어색하고 누가 어느 국적인지 알 수 없다는 말을 들었다. 따라서 마지막 수정에 들어갔다. [日韓夫婦(일한 부부)] 부분을 [韓夫日婦(한국 남편 일본 부인)]으로 바꾸고, 중앙에 국수 한 그릇과 맞바꾼 '대만 사랑' 스티커를 붙이면서 더는 바뀌는 일은 없었다.

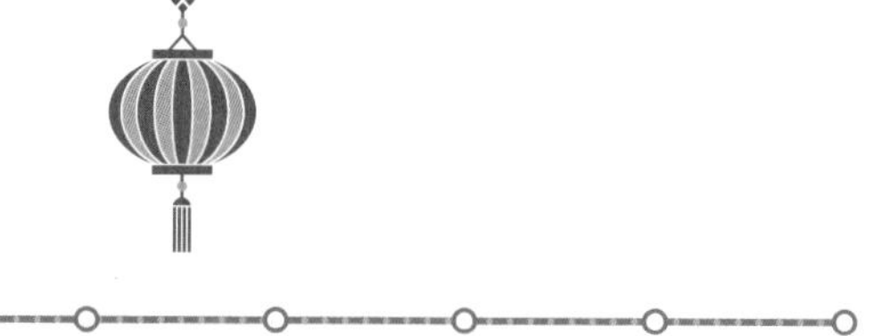

宜蘭
(이란)

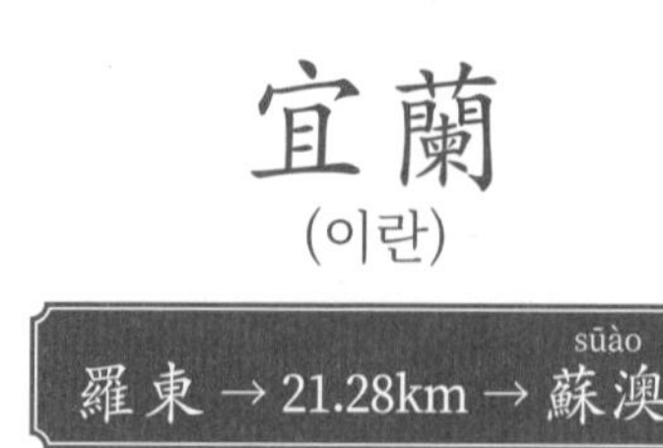

羅東 → 21.28km → 蘇澳(sūào)

[도보 시작 : 10일 / 총 177.41km 도보]

또 이틀을 쉬었더니 가방 메기가 싫다. 누군가 힘으로 길을 막아줬으면 하는 기분마저 든다. 오늘은 어젯밤 루크와 나눈 이야기를 떠올리며 걸었다. 루크는 서양보다 아시아에 관심이 더 많다. 특히 대만은 그가 평생 살고 싶은 나라 일 정도로 이점이 많다고 한다. 그중 하나를 콕 집어 말하면 눈 파란 외국인이 받는 환대다. 사람들이 현지인보다 친절하게 대해주고, 섬세히 신경 써주는 느낌을 받는다고 한다. 그건 우리도 마찬가지라고 하자, 그는 가소롭다는 듯이 웃었다. 그 웃음은 아직 우리가 접할 친절이 무궁무진하게 남았음을 예견하는 것이었다.

오늘 일진은 미리 말해 운수가 제대로 트인 날이었다. 처음 휴식차 들린 주유소에서 과자와 커피를 구호물자로 받았고, 지나던 길의 도교 사원에서는 행사 정리를 돕고 점심을 얻어먹었다. 철길 건널목을 지날 때는 승용차가 물을 건네주고 갔으며, 작은 마을 끝자락에서는 여인이 캔음료를 들고 달려왔다. 여기서 끝인 줄 알았더니 목적지 쑤아오(蘇澳)에서는 오토바이를 탄 아주머니가 핸들에 걸린 묵직한 빵 봉지를 통째로 건네왔다. 빈 손이 가득 차자 환호성이 절로 나왔다.

쑤아오는 세계적으로도 진귀한 냉천이 솟는 마을이다. 이즈음 기온이 10도 안팎으로 낮아서 그런지 마을이 썰렁했다. 유료 냉천들 사이에 있는 무료 냉천을 찾았지만, 사람이 한 명도 없었다. 여기까지 와서 이 추위에 냉천에 들어가느냐 마느냐로 주저했다. 미키는 단번에 들어가기를 거부했다. 자타가 공인하는 온천광이 온천을 마다하니 실망스러웠다. 나는 사람이 한 명도 없겠다, 한 손이면 충분히 가리겠다, 들어가 볼 작정으로 손부터 담가 봤다. 얼음막만 없다 뿐이지 살얼음 수준으로 차가웠다. 우선 몸을 달구기 위해 팔굽혀펴기를 하는 등 육체에 적잖은 고통을 주고 추위에 탄력이 좋아진 엉덩이를 깠다.

발부터 천천히 담가야 하는 걸 덤벙대다 배꼽까지 한 번에 들어가 버렸다. 차가운 물이 아랫배에 닿는 순간 알몸인 것을 잊고 양팔을 퍼덕일 뻔했다. 냉천은 바닥이 미끈거리고 유황 냄새가 나는 것 외에는 일반 냉탕과 다르지 않았다. 밖으로 나오자 신기하게도 몸이 따뜻했다.

냉천을 체험한 후 곧바로 야영지 선정에 들어갔다. 내일 치까지 다 씻은 나와 달리 세수라도 해야 할 미키를 위해 화장실이 가까운 장소를 찾아 나섰다. 고개를 두리번거리던 중 동네 주민으로부터 근처 초등학교로 가면 캠핑을 할 수 있다는 정보를 입수했다. 학교는 야영에 성공한 적도 없고, 이미 지나온 길을 되돌아가야 하는 위치에 있어서 고민되었지만, 발은 이미 학교를 향하고 있었다. 정문에 들어서서는 곧바로 눈에 보이는 선생님에게 야영 허락을 구했다. 그는 우리를 뒤뜰에 있던 교장 선생님에게 데려가 인사를 시키더니, 텐트가 여러 개 설치된 곳을 가리키며 장소를 고르게 했다. 드디어 학교 야영의 첫 승낙이었다. 학교는 오늘이 마침 학생들과 학부모가 함께하는 '캠핑&바비큐 파티' 행사날이라고 한다. 비정기적으로 열리는 이 행사에 우리가 날짜를 딱 맞춰오자 다들 우리가 알고 찾아온 것으로 오해할 정도였다.

이곳 교장 선생님에게서는 권위라고는 찾아볼 수 없었다. 그는 아이들이 풀을 만지고 놀 수 있도록 폐허였던 학교 뒤뜰을 야영지로 만들었고, 아이들뿐 아니라 학부모들과도 허물없이 어울렸다. 거기에 땔감을 직접 만들어 통나무 채로 가슴팍에 실어 날랐다. 밤에는 아이들과 낮은

왼쪽 교장 선생님 뒤로 캠핑 준비가 한창이다.

야산에 올라 자연의 소리에 귀를 기울이며, 직접 보호 중인 벌집도 보여주었다. 박식해 보이면서도 눈높이는 계속 아이들에게 맞추던 그가 해준 이야기들 중에 지금도 뇌리에 박힌 한마디가 있다.

"아이들에게 우리가 사는 지구를 지키게 하는 게 저의 교육 방침입니다."

우리에게는 자녀 계획이 없다. 만약에라도 애가 생긴다면 이민을 와서라도 이 학교에 보내고 싶다는 생각이 들었다. 한 번도 해본 적 없는 상상에 잠기며, 단념했던 평범한 미래를 그려본 게 얼마 만이던가….

모닥불에 앉아 깊어가는 밤을 감상하며, 함께 식사를 즐겼다. 식사의 대미는 장작불 통닭구이가 장식했다. 분명 몇 점 먹기는 했으나 배가 너무 부른 나머지 맛이 기억나지 않는다. 분명 맛있었을 것이다.

분위기에 취해 평소 마시지도 않는 맥주를 2캔이나 마셔버렸다. 이날 내 몸은 모닥불에 식혀야 할 만큼 후끈 달아올랐다.

宜蘭
(이란)

dōngào
蘇澳 → 19.77km → 東奥

[도보 시작 : 11일 / 총 197.18km 도보]

동이 트기 전. 캠프에 참가한 모든 사람이 밤새 먹은 것을 정리했다. 아이들이 자기들이 주운 쓰레기를 부모에게 자랑하면 부모는 그 자리에서 칭찬을 아끼지 않았다. 강제적인 느낌은 전혀 없었다. 다들 몸에 밴 습관 같았다. 그래서 더 인상적이었다. 모두에게 감사의 말을 전하고 길을 나서던 때, 교장 선생님이 교장실로 불렀다. 그는 비타민제와 목도리를 선물로 주면서 손수 커피까지 내려주었다. 커피를 마시는 사이 아이들은 교장실이 놀이터인 마냥 자유롭게 드나들며 차를 타 마셨다. 정말이지 떠나는 순간까지 신선하지 않은 게 없었다.

[구호물자 수령 횟수 : 9회]

평소 이상으로 노력하면 오늘 중으로도 도착할 수 있는 난아오(南澳)로 향했다. 동선은 며칠 전부터 미리 검색해보는 등 유심히 살펴두었다. 곧 위험하기로 악명 높은 산간도로인 쑤화꽁루(蘇花公路)를 걸어야 하기 때문이다. 가능하면 수일이 걸려도 평탄한 길로 우회하려 했다. 그러나 우리가 서 있는 곳에 우회로는 없었다. 안전을 위해 2열 행렬을 앞뒤 배열로 바꾸고 서서히 쑤화꽁루의 경사진 곳에 올랐다. 시작부터 숨이 가쁜 와중에 들개들이 쫓아왔다. 가방 속의 음식 냄새를 맡았는지 개들은 우리 곁을 떠나지 않았다. 귀엽기라도 하면 모를까, 영락없이 굶주린 모습에 한 마리에게만 음식을 주었다간 싸움이 날 것만 같았다. 한참을 따라오던 개들도 도로가 좁아지는 지점부터는 따라오지 않았다. 음식을 지켜낸 환희도 잠시, 도로는 화롄(花蓮)행 버스와 화물트럭으로 매워지기 시작했다. 지금부터가 진짜 난코스였다.

쑤화꽁루의 경치는 일품이나 넋 놓고 바라보다가는 넋을 기릴 판이다.

1. 쑤화꽁루 초입에서 찍은 앞길을 모르는 자들의 미소.

2. 대형차가 마주 달려올 때마다 매번 불안했다. 특히 커브 길은 운전자가 놀라지 않도록 걸음을 멈춰야 해서 좀처럼 나아갈 수 없었다.

대화도 휴식도 없이 걷던 중 비까지 쏟아졌다. 태워준다며 멈춘 차도 있었지만, 언젠가 나올 마을을 기대하며 묵묵히 걸음을 계속했다. 그렇게 똥아오(東奧)라는 마을에 도착했다. 몇 시간 만에 양팔을 자유자재로 휘두를 수 있는 자유가 생기자 그제야 농담이 나왔다. 똥아오는 곳곳에 원주민상이 세워져 있는, 아주 작은 동네였다. 사방 어디에서도 야영이 가능해 보였다. 일단은 허기부터 달래고자 식당에 들어갔다. 식당 주인이 마치 기다렸다는 듯이 "한국 사람! 일본 사람!"을 말하며 정확히 당사자들을 가리켰다. 가방을 보고 알아보나 싶었다. 또 무슨 말을 이어가야 하는데 의사소통이 되지 않자 재빠르게 핸드폰을 뒤적이더니 사진 한 장을 불쑥 내밀었다. 사진 속에는 우리가 찍혀 있었다.

여정이 시작된 이후 가장 많이 걸었던 날이다. 그러고 보니 그날 길에서 도보 여행가를 마주쳤었다. 아직 소년처럼 보이던 도보 여행가는 서쪽부터 걸어왔고, 우리처럼 야영 위주의 도보를 했다. 말이 안 통하여 깊은 대화는 나누지 못했어도 잠시 한자리에 있으면서 같이 목도 축였었다. 이 식당은 그가 들렀다 간 식당으로 주인이 그의 SNS를 본 기억을 통해 우리를 단번에 알아봤다. 밥을 먹는 동안 주인은 인근 도교 사원에 전화를 걸어 야영 가능 여부를 물어봐 주었다. 결과는 승낙이었다. 우연히 들어온 식당에서 마주친 우연한 만남 덕분에 고생하지 않고도 잘 곳이 해결됐다.

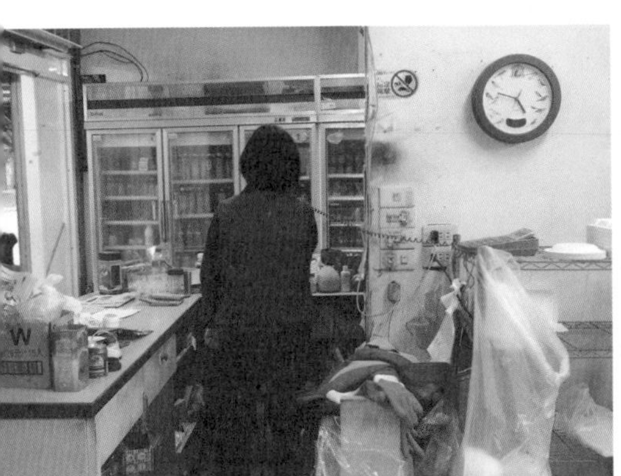

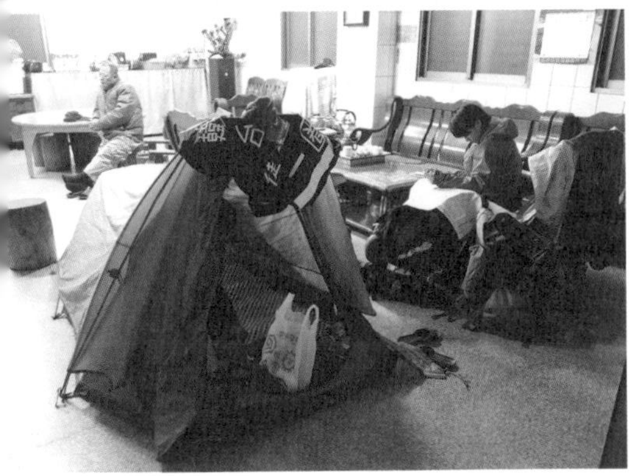

도교 사원 사무실 바닥에 텐트를 설치했다. 환경이 어떠하든 간에 자다가 쫓겨날 걱정 안 해도 되는 것만으로도 최고의 잠자리였다.

전화 한 통화에 우리를 받아준 사원 책임자께서 부탁하지도 않은 일본 텔레비전을 틀어주셨다. 방송은 그대로 틀어두고 우리는 예배당부터 찾았다. 험악하게 눈을 뜬 신들 사이를 합장 자세로 돌면서 몇 번이고 감사하다는 말을 했다.

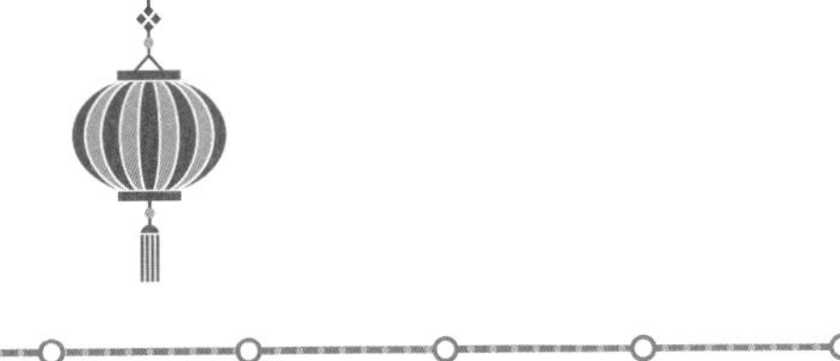

宜蘭
(이란)

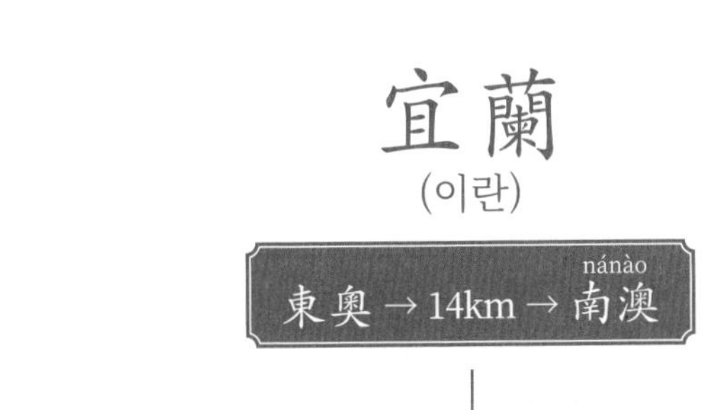

[도보 시작 : 12일 / 총 211.18km 도보]

사원에 울려 퍼지는 북소리와 종소리. 새벽 4시부터 기도를 올리는 신자들의 의식 속에서 하루가 시작됐다. 비좁은 텐트에서 밤을 보냈어도 지붕 아래 자서 그런지 몸이 개운했다. 잠시 향냄새에 취해 기도 올리는 신자들을 바라보다가 날이 밝아오자마자 길을 나섰다. 다시 쑤화꽁루를 걸어야 하는 현실을 맞닥뜨리기 전에 한동안 편의점에서 시간을 끌었다. 아무런 소득 없는 저항인 걸 알면서도 쉽게 발걸음이 떨어지지 않았다. 어제에 이어 오늘은 한층 더 위험했다. 대형 차들의 굉음이 귀를 찌르는 터널이 잇달아 나왔다. 트럭이 우리 옆을 질주할 때면 뒤따라오는 돌풍에 몸이 휘청거렸고, 클랙슨을 울려대는 차량도 있었다. 터널 하나 지날 때마다 체중이 1kg씩은 빠지는 기분이 들었다. 미키는 불안은 물론 공포까지 느끼면서 울

먹였다. 걷는 속도도 안 나고, 계속해서 터널로 시름하다가 난아오로 빠지는 우회로를 발견했다. 거리는 늘어나지만, 안전보다 중요한 게 없기에 망설이지 않고 우회로로 빠졌다.

쑤화꽁루 터널. 여기서는 카메라를 꺼내고 싶지 않았지만 정말 사명감 하나로 셔터를 눌렀다.

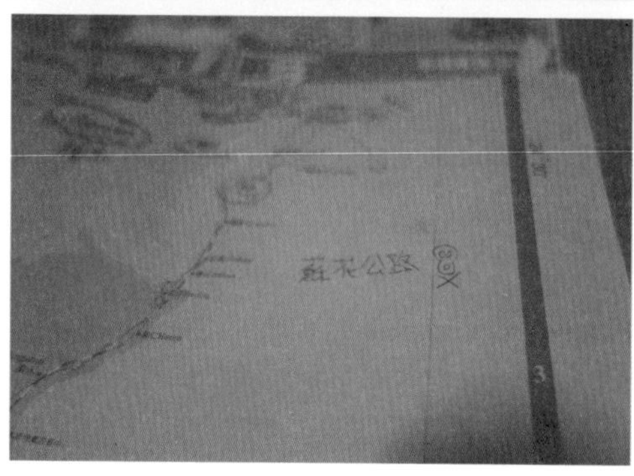

대만 달리기 일주를 한 마크가 왜 지도 쑤화꽁루 부분에 해골을 그려놨는지, 걸어보니 알겠더라.

걷기 시작한 지 12일 만에 난아오에 도착했다. 타이베이에서 이곳까지 기차로는 2시간 걸린다. 개인적으로는 이번이 두 번째 방문이다. 첫 방문 시기는 지금으로부터 1년 반 전이다. 일본에 거주하던 나는 원하는 일자리도 구하지 못하고, 심심찮게 나를 괴롭히는 강박증 때문에 극심한 우울증에 시달렸었다. 우울증을 방치했다가는 자신을 해치는 게 시간문제일 정도로 증세는 심각했다. 가까스로 자기애가 남아 있을 때 정신 차려야겠다는 생각이 들었다. 나는 검증되지 않은 치료법을 찾아 나섰다. '내가 익숙한 나라를 떠나서 완전히 다른 환경 속에 몸을 던지자' 즉, 아무도 모르는 낯선 환경 속으로 가서 정신 세탁을 해보자는 거였다. 그때 시야에 들어온 곳이 난아오다. 난아오에는 '난아오 자연농원(南澳自然農園)'이라는 농사 봉사 시설이 있다. 사실 지금까지도 뭐 하는 곳인지 잘 모르는데, 당시에는 더더욱 몰랐고, 연고도 없었다. 단지 이곳을 다녀왔다는, 한 다리 건너 아는 사람의 정보에만 의지한 채 이틀 뒤 대만으로 날아갔다. 간략히 말해 난아오 도피는 내 인생에서 한 충동적 선택 중에서도 결혼만큼이나 잘한 선택이었다. 이곳에서 보낸 짧은 기간에 사람들과 까불고, 자연을 만끽하면서 우울함을 많이 잊을 수 있었다. 이런 사연이 깃든 장소를 충동적 선택의 산물과 함께 찾았으니, 이번 여행을 통틀어 감개무량한 순간들을 꼽으라면 난아오 재방문이 빠짐없이 거론된다.

▌난아오 자연농원 MAP : N24.463842, E121.7997

하루 2번 오전, 오후에 3시간씩 농사를 도우면 숙식을 제공한다. 이곳은 내국인뿐 아니라 외국인의 방문도 잦아 다국적 분위기를 보여준다.

宜蘭
(이란)

南澳自然田

[도보 시작 : 13~15일]

난아오 자연농원의 일과

자연농원의 하루는 아침 식사 준비를 거드는 것으로 시작된다. 그저 시키는 것만 거들면 되니 만사 편하기만 하다. 당시 우리를 포함하여 5개국 단원들이 봉사 활동에 참여하고 있었다.

겨울이 없는 난아오의 12월은 밭 갈구기, 당근 싹 다듬기, 로젤이라 불리는 꽃 수확이 한창이었다. 거름은 유기농으로 재배한 땅콩 껍질을 분쇄하여 사용했다. 농가의 딸인 미키에 비해 흙과 친하지 않은 나는 모든 작업이 서툴렀다.

난아오를 처음으로 방문했을 때 했던 작업이 로젤 심을 밭을 갈구는 일이었다. 당시에는 용도를 전혀 몰랐던 로젤이 다 자라 이번에는 판매용 잼을 만들었다. 잼이 지나치게 맛있었는데, 잼을 맛보다가 배가 불러온 건 처음이었다.

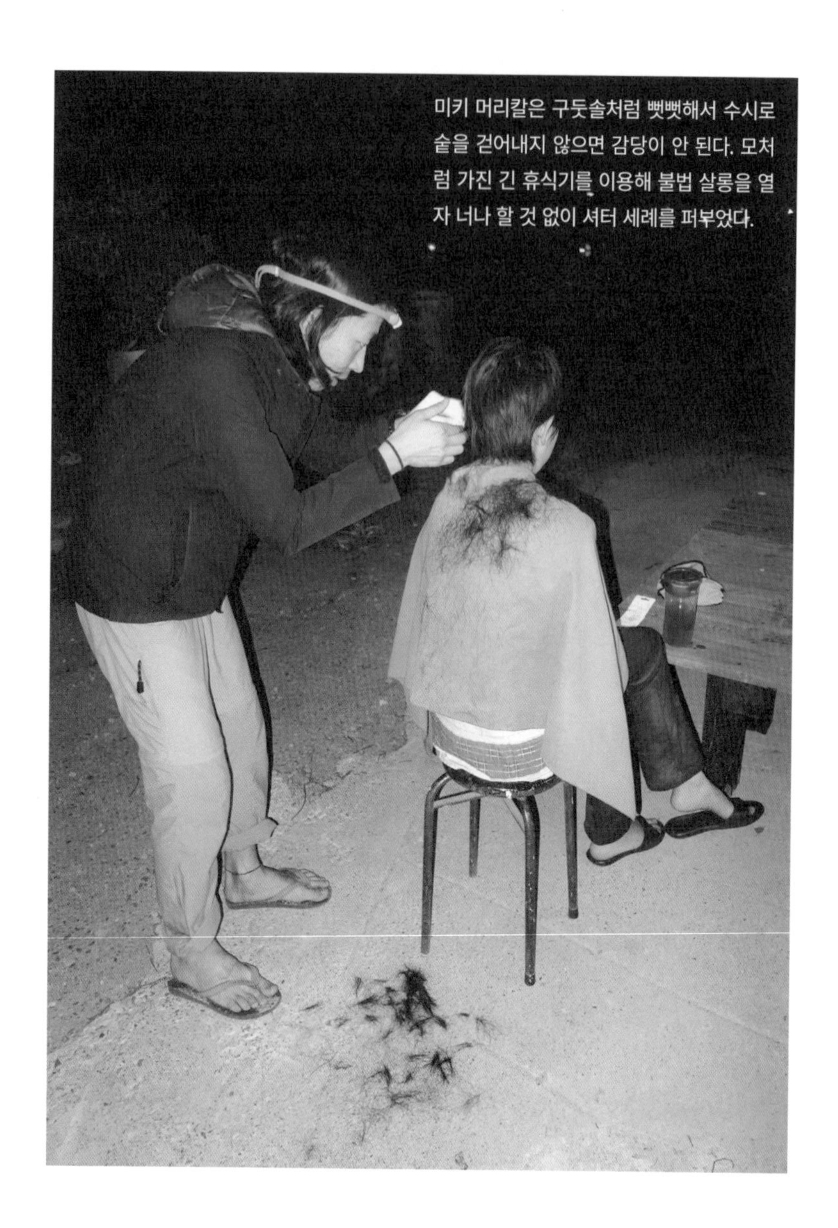

미키 머리칼은 구둣솔처럼 뻣뻣해서 수시로 숱을 걷어내지 않으면 감당이 안 된다. 모처럼 가진 긴 휴식기를 이용해 불법 살롱을 열자 너나 할 것 없이 셔터 세례를 퍼부었다.

난아오 자연농원 주인 아짠과 사모님. 도시에서 부족함 없이 살던 아짠은 돌연 시골로 내려와 농부가 되었다. 그는 안심하고 먹을 수 있는 농작물을 만들기 위해 농약을 쓰지 않는다. 오로지 자연이 내린 거름만을 사용한다. 농사 방식도 일반 틀을 벗어나서인지 주변에서 실패를 예견하는 말을 많이 들었다고 한다. 글쎄다… 실패 기준이야 제각각이겠지만 지금 아짠의 농작물을 받으려면 1년을 대기해야 한다니 실패는 아닌 것 같다. 사실 아짠과는 초면이 아니어도 사적으로 잘 모른다. 단지 그를 보고 있노라면 신체만 어른이고 행동은 소년인 게 느껴진다. 그 일화로 열대야에 잠 못 이루던 밤에 밖에 있던 내가 아짠을 불러내어 보름달을 보라고 하자, 그는 생애 이렇게 큰 달은 처음 본다며 흥분을 감추지 못했다. 그러더니 자려 하는 단원들을 모두 일으켜서 달을 보게 했다. 그때의 아짠 표정은 지금도 눈에 선하다. 얼굴 주름에 묻혀 있던 소년이 나타나 달을 만져볼 거라고 펄쩍펄쩍 뛰어올랐다.

성탄절을 맞아 단원들과 함께 교회를 찾았다. 교인 대부분이 원주민인 교회는 여러 외국인의 방문을 부담스러울 정도로 환영해주었다. 일용할 간식을 얻어먹으면서 원주민의 사냥 영상을 캠코더로 시청하기도 했다. 지금은 얼굴에 문신도 안 하고 옷도 현대식으로 입어 원주민 티가 안 나지만, 문화는 확실히 원주민다웠다. 특히 예배 시간은 독특하다 못해 머리털이 서는 순간도 있었다. 그들의 예배 방법은 이러했다. 우선 남녀가 따로 앉아 양손을 깍지 끼고 팔꿈치를 수평으로 벌린다. 그다음 기도 시작과 함께 팔꿈치를 신명 나게 흔든다. 이때 혀로 이빨을 빠르게 치면서 긴 호흡의 포효를 반복한다. 이제껏 본 적 없는 광경에 모든 외국인의 동공이 커졌다. 몇몇 친구는 웃음 참는 고문을 받는 것처럼 괴로워했다. 이는 단순 기도가 아닌 예수를 부르는 전통 의식 같았다.

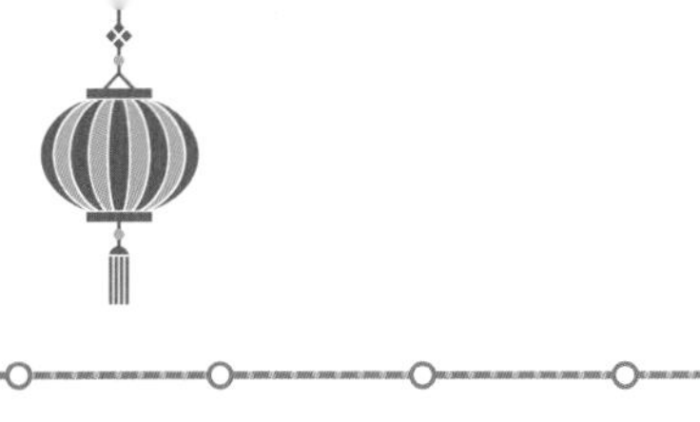

huālián

花蓮

(화롄)

xīnchéng

南澳 → 27.7km → 新城

[도보 시작 : 16일 / 총 238.88km 도보]

난아오에서 4일간 머물렀다. 보금자리 같던 이곳을 떠나면서 단원들은 밭으로, 우리는 쑤화꽁루로 향했다. 쉴 때는 잠잠하던 비가 기다렸다는 듯이 쏟아졌다. 보름이 넘도록 십 할 중 팔 할이 비다. 안 그래도 험한 길을 오늘은 빗속에서 걸어야 한다. 군데군데 공사가 진행되고 있어서 걷기에 적합하지 않은 길을 우산에 시야를 가려가며 걸었다. 옆으로 트럭이라도 지날 때면 제트엔진 뒤에 서 있다는 착각이 들 정도로 몸을 가눌 수 없었다. 그렇게 4km를 걷다가 나온 휴게소에서 긴급회의를 했다.

'위험을 무릅쓰고라도 쑤화꽁루를 걸을 것인가.' 아니면 '쑤화꽁루 끝 지점까지만 히치하이킹을 할 것인가.' 결론은 금방 내려졌다. 목숨이 여러

휴게소 앞 매운 고추를 따라 하는 40세.

휴게소 사장님께서 삶은 계란 두 개를 주셨다. [구호물자 수령 횟수 : 10회]

어렵지 않게 성공한 히치하이킹.

개가 아니고서야 당연히 히치하이킹이었다. 사실 누구에게도 우리 일정을 평가받을 필요는 없지만, 도보 원칙이 깨지는 것은 내키지 않았다. 그러나 무엇보다 안전이 우선이었다. 게다가 대만 공항에서 숙소까지 지하철을 타려 했던 계획과 타이베이는 대중교통으로 벗어나려 했던 계획을 전부 도보로 끝냈기 때문에 이번 히치하이킹에 대해서는 찝찝해하지 않기로 했다.

히치하이킹으로 난코스는 전부 빠져나왔다. 차에서 내린 직후, 정신을 차리지 못할 정도로 속이 엉망이 됐다. 토를 하려고 해도 먹은 것이 적으니

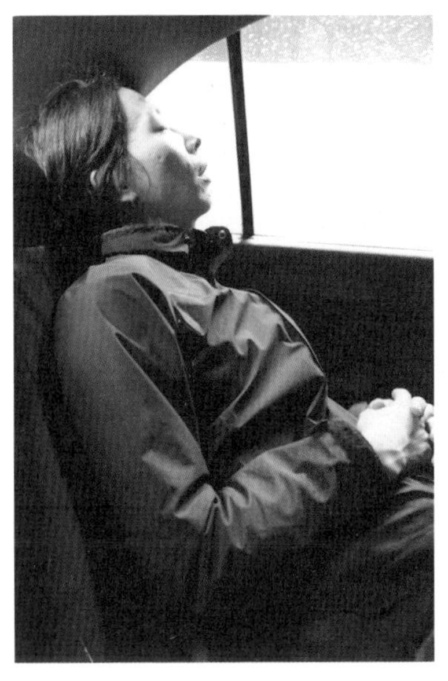

오랜만에 차를 타자 바로 멀미를 했다. 스스로는 정말 의외였다. 출렁이는 배에서도 남들 멀미로 쓰러지는 모습 관람하며 빵 뜯어 먹던 나였기 때문이다. 아마 뱀 똬리 같은 쑤화꽁루를 달리면서 했던 잘 곳 걱정이 속을 뒤집어 놓은 게 아닐까.

침만 자꾸 나왔다. 정말이지 호텔이라도 잡아 젖은 신발, 젖은 옷가지를 다 패대기치고 침대로 다이빙하고 싶었다. 물론 상상일 뿐 현실은 야영이다. 상태가 조금씩 나아지는 도중에 화롄의 대표 관광지인 타이루거(太魯閣 tàilǔgé) 협곡 비석을 지났고, 그로부터 얼마 후에 머지않아 신청(新城)역이 나왔다. 역을 통과하는 동안 내 시선은 대기실에 머물렀다. 지난 번, 난아오에 처음 왔을 때 저 대기실에서 기차를 기다리고 있던 나는 선 자리의 공간 감각이 뒤틀리는 것 같은 충격적인 소식을 접했다.

절친한 여행 동지가 죽었다는 비보였다.

신창역을 지날 때 바나나를 주던 청년. 사진이 저렇게 나와서 그렇지 절대 먹이 유인이 아니다. [구호물자 수령 횟수 : 11회]

친구는 수개월 전부터 죽음을 암시하는 글을 나를 비롯한 지인들에게 보냈었다. 당시 나는 형편이 좋지 않아서 한국을 들어가지는 못하고, 공통 지인들에게 친구를 챙겨달라는 부탁만 할 수 있었다. 내 나름대로는 친구와 수시로 연락을 나누면서 그의 극단적 선택을 막으려 노력했다. 그가 세상을 떠나기 하루 전에는 평소 친분이 두터운 나의 친누나가 그와 즐겁게 대화를 나누었다는 이야기를 들었기에 비보로 인한 충격은 더 심했다. 내가 그와 각별한 사이라는 것은 지인들은 다 아는 사실이다. 여럿이 입을 맞춰 교통사고라고 전해왔지만, 나는 그것이 배려 섞인 거짓말임을 직감적으로 알아챘다. 이날 내가 신청역에 있던 것은 대만 방랑을 마치고 다시 한번 난아오를 들리기 위해서였다. 일단 기차에 오르자마자 난아오행 표를 공항행 표로 바꿨다. 소중한 추억을 안겨 준 난아오에 정차했을 때 원래라면 내리려 했던 역사를 문 앞에서 한참 바라봤다. 친구가 재가 되기 전에 만나려는 일념으로 무작정 공항으로 향하는 순간에는 내 심장이 재가 되는 게 아닌가 싶을 정도로 초조했다. 막상 공항에 도착했으나 귀국하는 비행기표를 구할 수 없었다. 급한 대로 유일한 친구인 이팡에게 도움을 요청했다. 이팡은 나의 사정을 전부 헤아리고는 표를 구해주고 선결제까지 해주었을 뿐 아니라, 한국 사람이 한국으로 간다는데도 보증인을 요구하자 모든 신상명세를 넘겨주었다. 그렇게 가까스로 친구의 마지막을 지켜봤다. 유족들과 나만이 장의차에 올랐던 한 시간 동안 조수석에 앉은 여동생은 오열을 하다가 기절했다. 며칠을 못 잔 건지 기억도 안 나던 나는 유골함에 담긴 친구가 안쓰러워 품에 보듬었다. 방금 화장한 친구의 온기는 지친 나를 달래주는 듯했다. 귀때기가 새파랄 때 만나 즐거운 추억을 참 많이 쌓았다. 푸켓 안마방에서 달아난 배꼽을 찾아다니며 껄껄대던 게 지금도 생생하거늘, 이제는 추억을 나눌 수 없는 세상으로 가버렸다.

친구의 장례 직후 내 삶은 엉망이었다. 무작정 귀국한 탓에 돈도 없었고, 먹고살 대책도 없었다. 당장 잘 곳조차 없어 대전역 부근의 여관 달방에 살았다. 밤이면 마음이 뒤숭숭해서 미칠 것만 같았다. 자는 것이 고통이었던 나는 일본에 있는 미키를 대전으로 불렀다. 우리는 처절할 정도로 가난한 여관살이를 했다. 이후 소일거리를 잡고 틈틈이 책을 쓰면서 형편은 조금씩 나아졌다. 그해 무리를 해서 거처를 서울로 옮기고, 이듬해 허름한 전셋집을 마련하면서 이번 대만 여행도 가능해졌다.

히치하이킹으로 건너뛴 구간을 제외하고도 25km 가까이 걸었다. 슬슬 야영지를 선정해야 할 시간이다. 딱히 서두를 필요는 없었다. 지금 서 있는 장소는 비바람만 없으면 사방이 야영에 적합해 보였다. 그래도 화장실 문제로부터 완전히 자유로울 수는 없으니 근처 학교에 야영 허락을 구했다. 가능할 것 같은 분위기였지만 최종적으로는 불허했다. 미련이 남지만 어쩔 수 없이 발길을 돌렸다. 정문을 나서려고 하니 한 선생님이 우리를 인근 절로 안내해주었다. 그리고는 대신 숙박 허락을 받아주었다. 생각지도 못한 호의에 몸 둘 바를 몰랐다. 하지만 나로선 흔쾌히 들어갈 수 없는 이유가 있었다. 남자 한 명 없는 비구니 사원이었기 때문이다. 그런데 나만

아직 멀미기가 남아 있어서 수박만한 젖도 눈에 들어오지 않았다.

어렵게 생각한 건지 아무도 낯선 사내의 방문을 낯설어하지 않았다. 심지어 93세인 비구니 스님께서는 유창한 일본말로 우리의 방문을 환영해주셨다. 스님은 두 외국인의 낯빛에서 허기를 확인하셨나 보다. 야밤에 사람을 시켜 국수를 끓여주고, 지붕 딸린 방에 묵을 수 있도록 배려해주셨다. 방은 행거에 이불까지 갖춰진 훌륭한 곳이었다. 이불을 사용하는 것은 사치라고 생각해 방안에 텐트를 치고 침낭을 꺼냈다. 미키가 샤워장으로 간 사이 나는 사원 마당으로 나갔다. 그리고는 어울리지도 않게 밤하늘을 바라보며 기원했다. 마음고생 안 하려고 세상 등진 놈, 추위 고생 안 하려고 고국 등진 놈을 떠올리며, 부처님께서 고루 보살펴 주실 것을 기원했다.

花蓮
(화렌)

新城 → 17.76km → 花蓮

[도보 시작 : 17일 / 총 256.64km 도보]

새벽 목탁 소리가 공양 시각을 알려왔다. 비구니 절은 남녀가 한 공간에서 식사를 하되 식탁은 따로 써야 했다. 메뉴는 전부 채식이다. 고기를 먹어야 힘쓴다는 말을 신뢰하지 않는 나에게 채식은 가장 이상적인 아침이었다. 소정의 보시를 하고 절을 떠나면서 비구니 스님들의 배웅을 받았다. 시야에서 멀어지는 우리를 인자한 표정으로 지켜보는 스님들에게 마지막으로 합장 인사를 했다. 모두 부처님 곁에서 오래오래 건강하게 지내시길 바란다.

갈수록 걸음도 가벼워지고, 쉬는 텀이 짧아져서 그런지 금세 화렌으로 접어들었다. 이제 화렌 기차역만 가로지르면 시내에 다다른다. 역에 들어

도로에 차를 세우고 꽃빵을 건네 온 여사님. [구호물자 수령 횟수 12회]

서자 역무원에게 가로막혔다. 단순히 통과만 하려 하는데, 통행 티켓이 필요하다는 것이다. 기차역이 유원지도 아닌데, 티켓을 사야 한다는 것은 상식적으로 이해하기 어려웠다. 우리는 말 없이 역을 빠져나간 후 15분을 돌아갔다.

야영을 하기 위해 지도로 봐둔 공원부터 찾았다. 온 사방이 공사 중인데다 또 비가 내리기 시작해 야영지로는 적합하지 않았다. 다른 쪽으로 발길을 돌려 장소를 물색하던 중, 한 청년이 인근 카페에서 야영을 할 수 있을 거라는 정보를 알려주었다. 청년은 사장이 상당히 개방적이니 분명 허락할 거라며 자신 있게 말했다. 카페에서 야영? 이는 상상도 해보지 않았다. 일단 속는 셈 치고 카페를 찾아갔다. 넓은 정원이 딸린 외관을 보며 야영 가능 여부를 물어볼 엄두가 나지 않았다. 일단 내부 분위기라도 보고자 문 앞에 다가서자 사장이 문을 열고 나왔다. 사장은 한눈에도 우리가 외국인인 걸 알았는지 영어로 먼저 인사했다. 나는 반사적으로 야영 허락부터 구했다. 이 모든 게 5초도 채 걸리지 않았을 것이다. 여기에 딱 1초 더 걸려 "OK"가 떨어졌다. 순간 귀를 의심했다. 사장은 우선 앉으라며 커피부터 내왔다. 그리고는 계산대 뒤에 마련된 창고 겸 방을 내주었다. 사람 사는 흔적이 없는 것으로 보아 무리한 부탁을 한 것 같았다. 심지어 마감한 후에는 우리 둘만 카페에 남게 되니 대체 이게 무슨 상황인가. 대만 영화 <타이베이 카페 스토리(第36個故事)>를 보면 지금 상황과 비슷한 장면이 나온다. 영화 도입부에 카페 사장이 카페에서 카우치서핑하는 외국인 커플에게 문 잠그는 법을 알려주고 퇴근하는 장면이다. 이 영화가 주는 차분함이 좋아 족히 10번은 돌려보고, 실제 카페까지 찾아갔을 정도로 팬인 나에게 유사한 일이 생기니, 대만이라 가능한가 싶었다. 게다가 실제는 영화보다 더 허구 같았다. 사장은 문 잠글 필요가 없으니 그냥 자라고 했다. 또한, 가게 음료를 퍼다 주는 것도 모자라 밖에서 간식거리까지 사다 주었다. 가게 직원을 챙기는 모습이며, 친구라고 소개하는 사람을 챙기는 모습도 유난했다. 참고로 그의 친구는 딱 봐도 아들뻘이었다. 동갑만이 친구가 되는 유교 문화가 피곤하게 생각되는 나에게 나이를 따지지 않는 중화권의 문화는 부러운 부분들 중 하나다. 사장은 여러 나라에서 근무한 경력이 있는 해외파였다. 그러한 배경 때문인지 낯섦이 전혀 느껴지지 않았다. 예술에도 관심이 많았다. 무대 없는 지방 예술가들을 위해 카페 정원을 공연장으로 꾸며놨었다. 마침 우리가 갔을 때는 밴드 공연이 한창이었다. 나중에 출판사 편집자인 페이링에게 오늘 있었던 일화를 말해줬더니 그녀는 우리가 카페에서 잔 사실보다 유명 인사를 만났다는 사실에 놀라워했다.

우리가 그걸 알 턱이 있나. 그저 친절한 괴짜 사장님으로 기억할 뿐이다.

이틀 연속 잘 곳이 아닌 곳에서 자게 됐다. 어제는 비구니 절, 오늘은 카페다. 이런 인연들은 분명 아무 이유 없이 찾아오지 않았을 터인데, 둔한 나는 가르침을 깨우치지 못한 채 살아가고 있다.

花蓮
(화렌)

花蓮 → 15.27km → 壽豐(shòufēng)

[도보 시작 : 18일 / 총 271.91km도보]

예전에 카페 매니저를 잠시 했던 나와 오랫동안 서비스업에 종사한 미키가 힘을 합쳐 카페를 쓸고 닦았다. 사장이 원치 않더라도, 하룻밤 신세 진 것을 갚으려면 이 정도도 한참 모자랐다. 처마로 콸콸 떨어지는 빗줄기를 보며 일찍 나서는 건 포기했다. 오늘의 첫 손님으로 카페에 남아 '개복치 그리기' 행사에 참여했다. 개체의 개수가 감소하는 개복치를 직접 그려보며 소중히 보존하자는 취지의 행사였다. 실제로 본 적이 없는 개복치를 그려보니 시간이 흘러도 형태가 뚜렷이 떠오른다. 생명체를 그려본다는 게 이렇게 인간적인 발상인지 몰랐다.

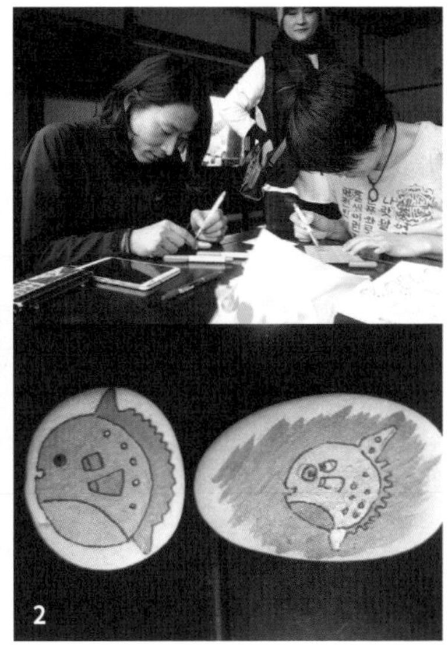

1. 카페 청소하는 눈빛이 강력 흉악범의 눈빛이다. 이런 인상을 가진 남자의 부탁을 들어준 사장님에게 고마울 따름이다.

2. 마취당한 표정의 미키 개복치와 약삭빨라 보이는 나의 개복치.

비가 잦아드는 틈을 타 얼른 배낭을 멨다. 사장은 떠나려는 우리에게 대나무통밥을 쥐여주었다. 대나무통밥은 원주민이 사냥을 하러 갈 때 챙겨가는 도시락이다. 그에게 우리 여정은 사냥꾼과 마찬가지로 험하게 느껴졌나 보다. 불현듯 나타나 떠나는 순간까지 정말 말로 표할 길이 없는 은혜만 입고 말았다.

화렌 시내를 지나면 당분간은 도시도 인적도 없다. 가로수가 인도를 가로막는 모습들을 보고 알 수 있었다. 시작 길부터 서로 갈라지면 열흘 뒤에나 합류할 수 있는 갈림길에 봉착했다. 한쪽은 해안 길, 또 한쪽은 산을 낀 평지 길이다. 고민할 것도 없이 후자다. 전자는 앞으로도 수두룩하게 남았기 때문이다. 끝이 안 보이는 긴 다리를 건너던 중 트럭 한 대가 멈춰 섰다. *빈랑(檳榔 : *각성 효과가 있는 씹는 열매.)으로 주황색 치아가 된 기사님이 웃으면서 타라고 손짓했다. 굳이 탈 이유가 없으니 정중히 사양했다. 기사님은 우리가 걷는 속도로 따라오며 또 손짓해왔다. 거절이 거듭될수록 손짓은 빨라졌다. 확실히 지금 서 있는 다리는 고도가 높아 운전자의 시선으로

다리가 끝나는 지점을 지나자마자 내렸다. 헤어지면서 명함을 건넨 그는 곤란한 일이 생기면 전화하라고 했다. 우리는 진짜 전화를 걸었다. 안전하게 태워줘서 고맙다는 말을 다른 사람을 통해 전달했다.

는 위험해 보였을 것이다. 그렇다고 차를 타고 건널 정도는 아니었으나 뒤에 오는 차들에 민폐를 끼칠 수 없어 일단은 차에 올랐다

끊임없이 퍼붓는 비에 발이 묶여버렸다. 쇼우펑(壽豐)이라는 마을에서 경찰서 주차장에서 야영하는 것을 허락받았지만, 바닥이 비로 흥건하여 내키지 않았다. 최악의 잠자리가 되기 전에 조금 더 알아보는 게 낫겠다 싶었다. 결국 주차장에서는 철수하고 근처 학교를 찾았다. 학교는 야영 허락이 뭐 어려운 부탁인 마냥 물어보느냐며 쉽게 승낙해주었다. 이틀 전 수분을 그대로 머금고 있는 빨래를 널고, 생선 통조림을 사와 대나무통밥과 함께 먹었다. 이것만으로는 포만감도 없는 데다 온몸이 습기로 찐득거려 죽을 맛이었다. 무엇보다 문제는 발이었다. 미키 신발은 주워왔어도 기능성이기에 그나마 낫지만, 내 신발은 단순 가죽으로 만든 것이기에 상태가 끔찍했다. 이를 대비해 챙긴 방수 양말은 내부의 막이 손상되어 모든 물을 흡수했다. 경험 부족이 초래한 잘못된 장비 선정이 실전에서는 감당이 되지 않는 치명타로 다가왔다. 내일도 이 신발을 신었다가는 무좀을 불치병으로 달고 살 것 같은 예감 속에 비는 그치질 않았다. 이 느낌들을 한데 모아 블로그에 적었더니

놀라운 일이 벌어졌다. 얼굴 한 번 본 적 없는 사람들로부터 신발과 후원금을 보내준다는 쪽지들이 와 있었다. 실로 감격스러운 상황이지만, 마음만 감사히 받기로 했다. 해당 스폰서라면 모를까, 이 여행에는 여행을 꿈꾸는 개인들에게 후원받을 만한 공익성이 없기 때문이다.

[구호물자 수령 횟수 : 13회]

花蓮
(화렌)

fènglín
壽豐 → 26.14km → 鳳林

[도보 시작 : 19일 / 총 298.05km 도보]

하나 남은 마른 양말을 신는 기쁨은 젖은 신발을 신으며 비극으로 끝났다. 오늘 나선 방향은 일본의 식민지 시절 건물이 남아 있는 옛 일본인 마을이다. 미키는 과거 자국민들의 삶이 궁금했던지 관심도 없는 나를 적극적으로 끌고 갔다. 역사를 아픔으로 배워온 나로서는 식민지 유물을 보러 간다는 게 썩 내키지 않았다. 그나마 미키는 역사 인식이 뻔뻔하지 않은 일본인이기 때문에 아무 말 없이 동행해주었다. 만약 나였어도 옛 한국인 마을이 있다면 찾아가 봤을지도 모르니….

굵은 빗방울 속에 간신히 도착한 일본인 마을은 모든 집이 잠겨 있었다. 인근 주민들이 말하기를 다들 오래전에 떠났다고 한다. 나는 이 말을

듣고도 아무렇지 않은 반면, 미키는 뭐가 아쉬웠던지 고개를 떨궜다. 다시 길을 나서기 전에 우체국에 들렀다. 처가댁과 도보 여행 초반에 신세 진 왕 선생에게 엽서를 부치기 위해서다. 놀랍게도 우리 앞뒤로 서 있던 사람들 모두 일본어가 유창하여 엽서 부치는 것을 도와주었다. 우체국 다음에는 대만의 대표적인 음료 버블밀크티(珍珠奶茶 zhēnzhūnáichá) 가게에 들렀다. 외관이며 사장 얼굴이며 어딘가 낯설지 않다는 생각이 들었는데 리어카로 대만을 종단한 일본인 부부 블로그에서 본 가게였다. 일부러 찾은 것도 아닌데 우연치 않게 같은 장소에 들어왔다. 마치 일면식도 없는 지인의 흔적을 찾은 것처럼 반가웠다. 본인의 얼굴 그림을 가게 곳곳에 장식한 사장은 붙임성이 상당히 좋았다. 물어보지 않아도 버블밀크티 만드는 과정을 처음부터 끝까지 알려주었고, 중간중간 여러 번 시음도 시켜주면서 마지막에는 돈을 받지 않았다. 우리가 개시 손님인데도 미안하게도 매상을 깍아 먹었다. [구호물자 수령 횟수 : 14회]

걸음을 멈춘 마을에서 야영지로 절과 학교를 고민하다가 학교를 찾아갔다. 교무실에 있던 제복 차림의 청년에게 야영 허락을 구했다. 그는 우리 이야기를 경청한 뒤 어딘가로 전화를 걸었다. 통화가 길어졌기에 거절당하는 것으로 생각했는데 수화기 너머로 승낙이 떨어졌다. 정확한지는 몰라도 청년이 말을 잘해준 것 같았다. 얼핏 경비원인 줄 알았던 청년의 정체는 1년간 학교에서 복무하는 이른바 공익근무요원(替代役 tìdàiyì)이었다. 그의 배려로 이틀 만에 샤워도 하고, 방전되기 직전의 전자기기들을 살릴 수 있었다.

화롄의 아래로 내려갈수록 거쳐온 지역들과 다르게 야영 타율이 높아졌다. 홈런 아니면 아웃밖에 없는 타석에서 이대로만 가면 만루 홈런이 가능할지도 모르겠다.

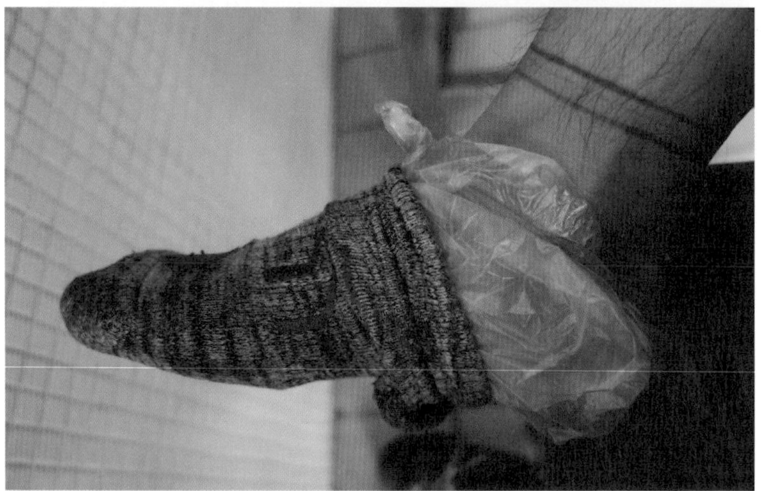

젖은 발이 상하는 걸 방지하고자 맨발에 비닐을 씌웠다. 양말 위에 씌우지 못한 이유는 마른 양말이 하나도 없었기 때문이다. 1시간 이상 걸은 후 발을 코에 갖다 대자 생각보다 치즈 냄새는 심하지 않았다.

花蓮

(화롄)

鳳林 → 22.59km → 大富 (dàfù)

[도보 시작 : 20일 / 총 320.64km 도보]

오랜만에 반가운 햇볕이 내리쬈다. 인터넷도 할 겸 기차역에 들려 와이파이를 잡고, 삼 일째 축축한 빨래를 계단 난간에 널었다. 공공장소에서 빨래를 넌다는 것은 미관을 해치는 행위인 건 알고 있다. 이 행위로 눈살이 찌푸려진 사람이 있다면, 부디 여행자의 힘든 사정을 봐서라도 너그러이 용서해주길 바란다.

걷는 도중에 설탕 공장에서 직영하는 아이스크림 가게를 발견했다. 사람들이 줄 서서 먹는 거로 보아 맛

이 뛰어난 게 틀림없었다. 우리도 사람들 틈에 껴서 하나만 시켜 둘이 나눠 먹었다. 나는 이게 항상 불만이다. 어차피 양이 많지도 않기에 각자 하나씩 먹으려 해도 미키는 결혼 전부터 둘이 함께 있을 때도 아이스크림, 조각 케이크는 꼭 하나만 시킨다. 아쉽게 먹어야 더 맛있다는 이유에서이다. 그 이유가 절약 차원의 핑계라는 건 알고 있다. 하지만 나는 한 번을 먹어도 질리도록 먹고 한동안 안 쳐다보는 걸 선호하므로 감질나게 먹으면 기분만 상한다. 결국 이때 상한 기분을 누그러뜨리지 못하고, 반년 후 탄 비행기에서 기내식 대신 아이스크림으로 배를 채웠다.

20km 이상 걸어 도착한 따푸(大富)라는 마을에서 단 하나 있는 학교를 찾았다. 외관은 그때까지 봐왔던 학교들과 다를 바 없었지만, 어딘가 음

산한 기운이 느껴졌다. 먼저 교무실을 찾아갔다. 교무실에 한 명 있던 사람이 내키는 대로 하라는 식으로 야영 허락을 해주었다. 이런 식의 허락은 처음이었다. 알고 보니 최근에 폐교한 학교여서 관리자가 없던 것이었다. 아까의 음산함은 기분 탓이 아니었나 보다. 아무래도 이곳에서 자는 게 꺼려졌다. 일단 마을은 이동하지 않기로 하고 다른 잘 곳을 찾아 나섰다. 따푸는 인근 기차역을 가도, 마을을 돌아다녀도 사람이 거의 없었다. 문을 연 식당도 없어 굶어야 할 판이었다. 도로변 담장에 새겨진 흉흉한 그림에는 강렬한 필체로 '사형', '사망'이 적혀 있었다. 글귀를 보고는 마을을 벗어날까 고민하던 중, 경찰서를 발견했다. 특별한 볼일도 없이 안으로 들어갔다. 대만에 온 지 3주가 지나자 이제는 경찰서를 편안하게 들락거릴 수 있었다. 경찰서에는 서장님과 한 명의 경찰관만이 근무하고 있었다. 그들은 오랜만에 찾아온 사람이 반가웠는지 포승줄에 묶여 왔어도 반겨줄 분위기였다. 말로는 대화가 안 통해 따라주는 차를 마시며 필담을 나누었다. 서장님이 갑자기 좋은 생각이 난 것처럼 자신의 친형에게 전화를 걸었다. 그리고는 나에게 전화기를 건넸다. 일본어가 유창한 친형은 우리가 타이베이에서 걸어왔다는 말에 전화기가 울릴 정도로 놀라더니 얼른 동생을 바꾸라고 했다. 서장님은 전화를 끊자마자 오토바이 헬멧을 쓰고 나갔다. 다시 나타났을 때는 양손 가득 음식을 들고 있었다. 일부러 옆 마을까지 가서 우리에게 먹일 음식을 사 온 것이다. 게다가 씻을 수 있도록 샤워실을 개방해주고, 지도상 가야 할 길까지 예습시켜주었다. 다른 나라 사람에게까지 친절한 이들의 호의는 생각할수록 놀랍기만 하다.

밖이 컴컴해진 탓에 다른 야영지를 물색하는 것은 포기하고 학교로 돌아갔다. 돌아가는 길목 어귀에는 그 흔한 가로등조차 없어 오싹한 기분이 들었다. 학교의 불은 당연히 꺼져 있고, 사람이라고는 나와 미키 밖에 없었다. 나는 문득 이상한 생각이 들었다.

"미키야, 낮에 교무실에 있던 사람을 나만 본 거 아니지?"

[구호물자 수령 횟수 : 15회]

花蓮
(화롄)

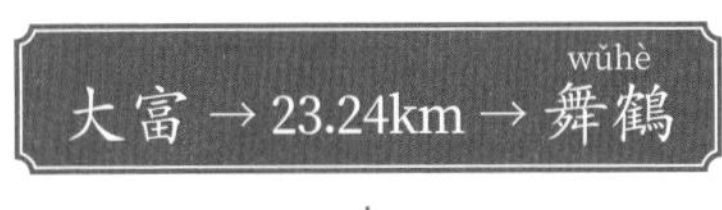

[도보 시작 : 21일 / 총 343.88km 도보]

유독 여명이 반가운 아침. 폐교 괴담의 주인공이 될까 봐 밤새 소변을 참은 탓에 아랫배가 묵직했다. 기저귀 꽉 찬 아이처럼 미키를 졸라 화장실에 같이 갔다. 미키는 공동묘지 앞에서 자라서 그런지, 음기에 겁을 먹는 법이 없다. 텐트를 철수하는 동안 교내 게시판으로 눈이 갔다. 오린 색종이로 올해 끝난 졸업 연도가 붙어 있었다. 머지않아 색종이의 색이 바래고, 바람에 떨어져 나갈 생각을 하니 여기가 폐교라는 사실이 더 씁쓸하게 다가왔다.

길을 나서자마자 트럭이 타고 가라며 멈춰 섰다. 마음은 고맙지만, 어려운 길이 아니라서 사양했다. 오늘 걷는 길은 일직선으로 뻗은 자전거 길이다. 지명이 바뀔 때마다 밋밋한 외관의 자전거 휴게소가 나왔다. 내부에는 작은 매점과 화장실, 샤워실, 휴게실 등이 있었으나 제대로 문을 연 곳이 없었다. 입구마다 녹슨 셔터가 내려와 있고, 화장실은 쇠사슬로 채워놨으며, 샤워실 바닥의 여기저기서 깨진 유리 조각들과 대변이 보였다. 자전거 휴게소의 시작은 창대했을지언정 끝은 실패한 세금 낭비 같았다. 뭐 덕분에 걷기는 좋았다. 도로보다는 훨씬 안전하니 말이다.

어제는 설탕 공장을 들러 아이스크림을 먹고, 오늘은 젖소 목장에 들려 아이스크림을 먹었다. 또 둘이서 하나였다. 내가 불만을 얘기하자 미키는 조각 케이크를 추가로 시켜주었다. 물론 그것도 둘이서 하나였다. 내 정말이지 완주하는 순간 거액을 인출해서 먹다 실려 갈 만큼 먹고 말리라.

헛된 다짐으로 생각이 많아지는 12월 31일. 결혼하고 해가 5번 바뀌는 동안 매번 다른 나라에서 새해를 맞이해 왔는데 이번에는 대만이다. 슬슬 야영지를 찾으려던 마을 끝자락에서 무대 설치가 한창인 현장을 목격했다. 오늘 밤에 열릴 행사를 준비하고 있었다. 길고 긴 밤을 여기서 보낼까 싶어 인근 학교에 야영 허락을 구했다. 나와는 친숙하지 않은 조례대를 야영지로 허락받았다. 마을에는 식당이 한 군데 밖에 없어 점심과 저녁을 같은 곳에서 때우고, 어쩌면 배를 더 채울 수 있을지도 모른다는 기대로 행사장을 찾아갔다. 낯 두꺼운 기대는 그 이상으로 채워졌다.

행사장에 50명 안팎의 원주민이 모였다. 각자 식사를 즐기면서 성인별, 아이별로 나뉘어 민속춤을 선보였다. 여기까지도 굉장한 구경거리였는데, 진짜 구경거리는 따로 있었다. 아이들 열댓 명이 단체로 합창하며 강강술래를 추는 공연이었다. 공연이 시작되자 방금까지 장난치던 아이들의 모습은 온데간데없이 진지했다. 이날 열린 공연을 전부 관람하면서 첨단 시대에도 전통을 이어가는 원주민들의 긍지에 경외감이 들었다.

텐트로 돌아와서는 둘만의 과자 파티를 열었다. 그리고는 1월 1일로 바뀌는 시침을 보기 전에 일찍 불을 껐다. 잠이 들려고 할 때쯤 가까운 거리에서 야릇한 소리가 들려왔다. 남자라면 누구나 화면 너머로 들어봤을 일본말 신음이다. 그와 동시에 여럿이 키득키득하는 소리가 들려왔다. 텐트 밖으로 나가자 어린 수컷들이 야동을 보고 있었다. 나는 뭐라고 해야 하는

» 花蓮(화롄)

지도 모르면서 무작정 아이들을 쫓아냈다. 발에 먼지가 날 정도로 도망가는 아이들을 보면서, 나의 유별나던 어린 시절이 떠올랐다. 요즈음은 야동을 주머니에 넣고 다니면서 보고 있지만, 그때는 플로피디스크를 컴퓨터에 넣고 사진으로 보던 게 전부였지…. 흐뭇한 추억에 잠기는 것도 잠시, 또 떼로 몰려온 녀석들은 같은 짓을 반복했다. 이렇게 서너 번이 반복되자 미키도 단단히 화가 났다. 나는 이 상황을 마무리하고자 내가 할 수 있는 대만 욕을 모두 동원해 녀석들에게 고함을 질렀다. 그러고는 반복되지 않았다. 상당히 불쾌한 기분 속에서 피곤함에 곯아떨어졌다. 그러나 금세 눈이 또 떠졌다. 이번에는 다른 소리였다. 새해를 알리는 폭죽 소리였다.

花蓮
(화렌)

舞鶴 → 16.88km → 玉里(yùlǐ)

[도보 시작 : 22일 / 총 360.76km 도보]

여느 때와 다름없는 1월 1일을 맞이했다. 새 출발을 다짐하기에는 아직 1/3도 오지 못한 사실이 새해부터 기운 빠지게 했다. 학교를 나서는 순간부터 전날 밤의 불쾌한 기억이 떠올랐다. 다른 생각으로 그 기억을 떨치려 해도 늪에 빠진 것처럼 헤어나오지 못했다. 나는 이래서 수컷 아이들이 싫다. 이들이 혼자일 때는 얌전하고 착한데, 뭉치면 밑도 끝도

학교를 떠나는 시간에 귤을 주러 온 선생님.
[구호물자 수령 횟수 : 16회]

샌드위치 2개와 핫초코 2개를 건네온 차량. 이들은 간식만 건네주고 차를 유턴해서 돌아갔다. 차량 구호품은 항상 순식간에 일어난다. 반사적으로 사진 찍어두지 않으면 기억을 남기기 어렵다. [구호물자 수령 횟수 : 17회]

없이 바보짓을 한다. 누군가 대만에서 가장 좋지 않았던 경험을 물어보면 우리는 동시에 전날 밤 이야기를 꺼낸다. 그렇다고 대만에 대한 인상이 바뀐 건 아니다. 대만이 좋은 나라임은 변함없는 사실이다.

위리(玉里)에 들어설 때 봉고차 옆으로 다가왔다. 차에 있던 여러 명이 유토피아(가제)로 가는 중이냐고 물어왔다. 유토피아란 위리에 사는 젊은 농부, 예술가들의 아지트를 말한다. 위리에 오기 전부터 이곳의 존재를 알고 있던 나는 숙박 가능 여부를 메일로 문의했었으나 답장이 없어 단념했던 곳이다. 이런 자초지종을 설명하자 그들은 현장에서 숙박을 허락해 주었다. 그냥 지나치려 했던 위리에서 우연히 유토피아 멤버를 만난 덕분에 잘 곳이 해결됐다. 그러나 막상 유토피아에 도착하자 모두의 동의가 필요해 보였다. 멤버들끼리 외지인의 숙박 문제를 두고 서로 의견이 엇갈렸다. 자세히는 알아듣지 못해도 환영하는 분위기가 아닌 것만은 확실했다. 오늘 한 멤버의 프러포즈가 진행되기 때문이라고 한다. 우리는 사정을 듣고 다른 곳으로 이동하려 했으나 몇몇 멤버의 잠시 기다려달라는 말에 장장 2시간을 바깥에서 기다렸다. 기다리는 동안 정작 기다리라는 사람들은 전부 사라지고, 다른 멤버들은 실내에서 낮잠을 자고 있었다. 이날은 춥기까지 해 몸에 한기마저 돌았다. 서럽고 짜증이 나기 시작했다. 바람이라도 피할 수 있게 배려해주면 좋았을 터인데, 다들 너무 무책임했다. 우리는 당장 여기를 떠나기로 결심했다. 그때 다른 멤버가 와서 자기 집에 가자고 했다. 미련 없이 거절했다. 이미 기분도 몸도 상했기 때문이다. 문밖을 나설 채비를 하려 하자 그제서야 누군가가 방을 안내해주었다. 우리가 너무 얌전히 기다려서 서로 오해가 있던 것처럼 이야기하는 사람도 있었다. 겨우 찬 공기는 피할 수 있게 되었지만, 기분은 좀처럼 나아지지 않았다. 마음먹었을 때 떠나지 못하고 기어코 신세를 지고야 마는 현실이 처량하기까지 했다. 여행을 와서 이런 감정을 느낄 거라면, 앞으로 이런 식의 만남은 붙잡지 않기로 다짐했다.

밤이 깊자 프러포즈에 초청된 사람들이 하나둘씩 모이더니 어느새 앉을 곳도 없을 정도로 빼곡해졌다. 프러포즈의 성공으로 현장은 즐거운 파티장으로 변했다. 모두가 들뜬 분위기 속에서 우리 역시 흥을 돋우고 싶었으나, 이런 자리는 항상 어색하기만 하다. 우리는 정적이고, 지극히 개인적인 것을 좋아한다. 때문에 되도록 사람이 많이 모인 자리에는 함께하지 않고, 모두와 함께 들뜨는 일 자체도 서툴다. 행동반경이나 사진에 찍힌 포즈들로 봐서는 의외라는 이야기를 많이 듣는다. 보다시피 행동반경이 넓은 건 추위를 피한 도망인 거고, 사진은 고리타분한 게 싫어서 하는 행동이니 의외일 게 전혀 없다. 우리는 서로 눈빛을 교환하다가 슬그머니 파티 현장을 빠져나왔다. 그리고는 언제든 길을 나설 수 있도록 선잠을 청했다.

花蓮

(화렌)

玉里 → 9.26km → 安通 (āntōng)

[도보 시작 : 23일 / 총 370.02km 도보]

조찬 식당을 나오는 길목에서 원어민의 일본어가 들려왔다. 일본 여성이 우리 뒤에 서 있었다. 외국인이 올 만한 관광지가 아니어서 서로 반가워하던 미키와 그녀는 금세 말을 섞었다. 그녀는 대만인과 결혼하여 타이베이에 살고 있는 이민자였다. 그녀는 미키와 짧은 대화만 나누고도 여행이 끝나면 집에 초대하고 싶다며 연락처를 적어주었다. 이때까지만 해도 끝이 아득했던 나머지 인사치레인가 싶었다. 그러나 그건 아주 큰 오산이었다. 다시 만난 그녀는 물가로 악

명 높은 타이베이에서 잘 곳을 내주는 것도 모자라 말로는 다 하기 어려울 정도로 인심을 많이 베풀어주었다.

인근 마을 안통(安通)에 무료 노천탕과 야영지가 있다는 정보를 입수했다. 안통은 우리의 이동 방향을 크게 벗어난다. 온천광 미키가 내 눈치를 살피기도 전에, 나는 안통행에 동의했다. 어쩌면 안통이야말로 진짜 유토피아가 아닐까 싶어서였다.

▎안통을 거치는 다리 위에 필리핀과 유라시안 판 경계선. MAP : N23.321092, E121.330068

안통은 야영지로 가장 적절한 곳이지만, 식당이 없을 것으로 예상해 미리 식량을 준비했다. 안통을 접어드는 길목에서 원주민들이 식사 중인 모습을 발견했다. 나는 길을 알면서도 다시 한 번 길을 물어봤다. 원로 원주민께서 일본말로 길을 설명해주기 시작했다. 설명을 듣는 동안 내 시선은 푸짐한 음식에 고정됐다. 이때 내심 한 젓가락 안 주나 하는 욕망을 알아챈 미키가 나를 영악하다는 듯이 쳐다봤다. 욕망을 알아챈 건 미키뿐만이 아니었나 보다. 벌써 우리가 앉을 자리가 만들어지고 있었다.

평소 먹는 행위가 귀찮다는 말을 달고 사는 나다. 혼자 지낼 때는 하루 한 끼 먹을까 말까 하는데, 여기서 생긴 식욕은 스스로가 혐오스러울 정도로 사람을 뻔뻔하게 만든다.

칠순이 넘은 원주민 할머니의 유창한 일본어 덕분에 언어 장벽 없는 식사 자리가 됐다. 평소 민족의상에 관심이 많은 미키는 이곳 부족인 아미족(阿美族, āměizú)의 의상을 입어보기도 했다.

뻔뻔한 낯짝으로 배를 채웠으니 이제는 등을 따시게 할 차례다. 목적지인 무료 노천탕을 찾아갔다. 자연 속에 노천탕 하나 있는 줄 알았던 환경은 예상과 달리 온천 관광특구였다. 고급스러운 호텔 앞에 대형 버스들이 서 있고, 잘 가꿔진 족욕장들은 관광객들로 성황이었다. 우리는 뭣도 모르고 관광객을 따라 족욕을 했다가 요금을 무는 봉변을 당하기도 했다. 무료 노천탕은 대낮부터 붐볐다. 아무래도 등은 저녁에나 따시게 해야 할 것 같았다. 야영지로 안내받은 잔디밭에 텐트부터 쳤다. 근래 들어 콘크리트 위에만 쳐오던 텐트가 자연을 만나니 주름 하나 없이 반듯했다. 외관상 차이는 미미할지라도 내부는 큰 집으로 이사 간 마냥 널찍했다. 모닥불 흔적 위에 밤에 피울 땔감을 쟁여놓다가 아까 만났던 원주민 아주머니와 다시 마주쳤다. 온천수를 길러 온 아줌마는 텐트에 손가락질하며 이렇게 잔소리했다. "왜 이런 고생을 하는 거야?"라고 말하는 것 같았다. 우리로서는 이 정도 환경이면 휴양이라고 생각했기 때문에 멋쩍은 웃음으로 답할 뿐이었다. 잠시 후 아주머니가 또 나타났다. 이번에는 물을 길으러 온 게 아니었다. 아주머니는 손에 든 빵과 음료를 우리에게 훽 건넸다. 그러고는 그냥 가려고 하는데 붙잡아서 찍은 게 아래 사진이다.

자녀들이 딱 내 또래라는 원주민 아주머니. 두 번째 만남부터는 호칭을 '마마'로 바꿔 불렀다. 대만 마마는 말이 통하는 한일 마마들보다 우리를 더 걱정했다. [구호물자 수령 횟수 : 18회]

1. 어렵게 받은 수돗물로 모닥불 드립 커피를 마셨다. 습기를 머금은 나뭇가지에 불을 지피는 시간과 수고가 배가되어 탄생한 커피는 고단함을 달래주는 최고의 명약이었다.

2. 낮에만 해도 여성 비율이 높던 노천탕. 애석하게도 밤에는 거의 남탕이었다.

花蓮
(화렌)

安通 → 21.88km → 富里(fùlǐ)

[도보 시작 : 24일 / 총 391.9km 도보]

사람이 가장 없는 새벽 틈을 타 노천탕에 들어갔다. 불과 며칠 전만 하더라도 탕에 머리를 담갔다 빼면 모든 게 꿈이었다는 상상을 했을 텐데, 이제는 그렇지 않다. 떠오르는 여명을 서정적으로 바라볼 만큼 여유가 생겼다.

꼭지를 살짝만 틀어도 분출하는 온천수는 살이 익을 정도로 뜨겁다. 이를 샤워 온도에 맞추려면, 몸을 분출구로부터 최대한 멀리 두고 대기 중에 식혀가며 끼얹으면 된다. 그래도 환장할 만큼 뜨겁다.

1. 안통을 빠져나가기 전에 마마에게 작별 인사를 하러 갔다. 마마는 닭 모이를 주다 말고, 딸들 집에 자고 가라며 주소를 적어주었다. 오늘 목적지 푸리(富里)였다. 만난 지 하루도 안 된 사람들에게 왜 이렇게까지 잘해주는지 모르겠다.

2. 일정 두 번째로 도보 여행가와 마주쳤다. 전국 지인들 집에 머물며, 우리와 반대 방향으로 걷는 대만 청년이었다. 본래 배낭을 메고 걷다가 다리 통증이 온 뒤로부터 수레를 끌었다는 그는 마주친 순간에도 다리를 절고 있었다. 미키가 아끼고 아끼던 파스를 손수 붙여주면서 서로의 완주를 기원했다.

수레를 끄는 도보 여행가를 만나고 나서 나도 수레를 가지고 싶어졌다. 미키의 부담을 덜려고 무거운 짐을 몰아 멘다는 게 어깨에 적지 않은 무리를 주고 있었다. 아직은 버틸 수 있었으나 머지않아 쇄골이 퇴행될 것만 같았다. 미키에게 수레를 사도 되느냐고 물어보자 단칼에 인상부터 찌푸렸다. 예산은 둘째치고 비포장길과 계단은 어쩔 거냐는 거다. 예상하지 못한 논리적인 반응에 나는 곧바로 말한 것을 취소했다. 멀쩡하게 걸으면서 물어본 게 실수였다.

휴식차 들린 교회에서 원주민식 예배를 구경하고 식사에 초대받았다. 상차림은 잔치라도 있는 것처럼 푸짐했다. 후식으로 나온 과일은 배가 불러 못 먹자 그 배가 되는 양을 구호물자로 싸주셨다. 목사님은 일본어가 유창하였음에도 단 한마디의 전도 말씀도 하지 않았다. 종교에 대한 불신이 심한 나 같은 사람에게는 이러한 종교적 접근이야말로 종교 진입 장벽을 낮춘다. [구호물자 수령 횟수 : 19회]

마마가 적어준 주소에 도착했다. 우리를 맞이해준 딸은 놀랍게도 한국말을 조금 할 줄 알았다. 어깨에서 배낭을 내려놓고 쉬는 사이 딸이 곤란해졌다는 이야기를 해왔다. 오늘 마침 다른 도시에 사는 자녀가 귀성하기로 해서 방을 내주기가 어려워졌다는 것이다. 당연히 자리를 비켜줘야 하는 우리는 아쉬움 없이 일단 기차역으로 이동했다. '지금부터 어쩌지…?' 하는 막막함은 매일 느끼던 것이니 무슨 수로든 해결하면 되는데, 오히려 마마가 난처해진 건 아닌가 염려스러웠다. 기차역에서 인터넷을 하는 사이에 놀랍게도 마마가 찾아왔다. 우리가 계획 없이 들린 이곳을 어떻게 찾아왔나 싶었다. 마마는 다짜고짜 배낭을 챙기게 하더니 마을 촌장님을 불러 우리를 그분 차에 태웠다. 그리고 본인은 사라졌다. 의사소통이 전혀 되지 않는 촌장님은 알 수 없는 곳으로 내달리기 시작했다. 지도를 보니 오늘 지나왔던 길을 되돌아가고 있음을 알 수 있었다. 차는 가로등이 거의 없는 밤길을 지나 화물 창고 앞에 멈춰 섰다. 오토바이로 바로 뒤따라온 마마는 우리를 화물 창고 주인에게 인도했다. 당최 영문을 알지 못하니 경계심이 들었다. 주인은 우리를 창고 2층으로 데려가서는 실험실처럼 늘어선 문 하나를 열어주었다. 미키와 나는 의미심장한 눈빛을 교환하다가 문 너머에 깔끔한 침대가 있는 것을 보았다. 화물 창고의 정체는 민박집이었던 것이다.

여기까지의 흐름을 보니 딸 집에서 자는 게 곤란하게 되자 마마가 우리를 찾으러 왔고, 그 사이에 촌장님께 부탁해 민박집까지 태워다 준 것 같았다. 심지어 숙박비까지 지불해 놓은 상태였다. 이건 언어로 표현할 수 있는 고마움의 경지를 넘어선 일이었다. 살면서 이런 경험은 처음이다. 서로 이름도 모르거니와 말도 잘 안 통하는데 뭐가 이쁘다고 이렇게까지 해주나 싶었다. 고마움은 여기서 그치지 않았다. 서둘러 작별 인사를 하고 떠난 마마가 다시 돌아와서는 볶음밥을 휙 던지고 나갔다. 나는 곧장 쫓아나가 오토바이 시동을 거는 마마 팔을 사정없이 꼬집었다. 이런 상황이 익숙지 않으니 어찌할 바를 모를 수밖에 없었다. 마마 역시 이런 상황이 익숙지 않은지 쑥스럽게 인상을 쓰며 말했다.

"힘들면 언제든지 연락해!" 그러고는 사라졌다.

방으로 돌아간 나는 양팔에 고개를 파묻고 할 말을 잃었다.

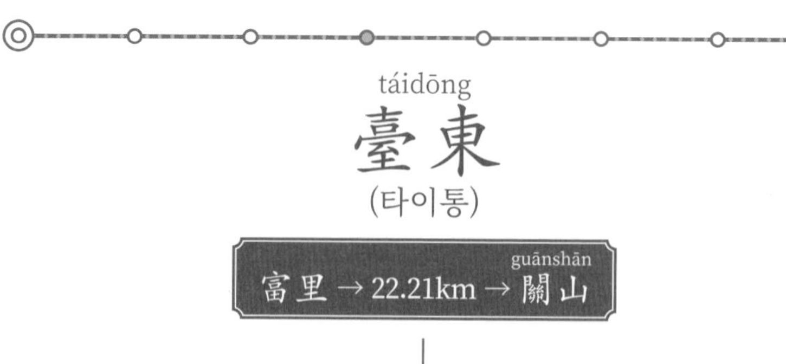

táidōng 臺東 (타이통)

富里 → 22.21km → guānshān 關山

[도보 시작 : 25일 / 총 414.11km 도보]

꿈만 같았던 어젯밤. 민박집에서 자는 날이 있을 거라고는 꿈에도 상상하지 못했었다. 잠에서 깨자마자 우리는 간밤의 일부터 회자했다. 그리고 다음과 같이 다짐했다. '우리도 각자의 나라에서 도보 여행가와 옷깃이 스친다면, 형편이 허락하는 한도 내에서 도움을 주리라고.'

국도를 걸으면 빨리 갈 수 있었지만 일부러 우회하여 농경지를 걷다가, 도시락으로 유명한 치샹(chíshàng 池上)에서 점심을 때우고, 목적지 꽌샨(關山)에 도착했다. 마을 중심에 있는 으리으리한 도교 사원부터 찾아갔다. 사원 책임자께서 마당의 단상을 야영지로 쓸 수 있도록 허락해주셨다. 그러나 단상에 오르는 순간 사원에서 도로 나가고 싶은 생각이 들었다. 햇볕에 고농축으로 조려진 지린내가 상당히 거슬렸기 때문이다. 잠시 주저하는 사이 책임자께서 다른 곳으로 부르더니 다목적실 전동 셔터문을 열어주셨다. 여기서 자라는 것이었다. 다목적실에는 화장실과 샤워 시설이 갖춰져 있었다. 비록 뜨거운 물은 나오지 않았어도 상관없었다. 뜨거운 물은 괜히 꼼꼼히 씻게 되니, 전매특허인 1분 샤워를 하고 혹여 전기 요금이 더 나올까 봐 셔터를 최소한으로만 연 채 문 밖을 왕래했다.

오늘부터 대만 동쪽 끝자락에 해당하는 타이통(臺東)이다. 조용하면서도 소소한 볼거리, 묵직한 감동이 끊이지 않는 타이통에 입성했다.

1. 민박집을 나서려는 시간에 촌장님이 태우러 오셨다. 고맙게도 걸음을 허비하지 않도록 어제 멈춘 푸리에 내려주셨다.

2. 아침부터 기운 넘치던 미키가 시종 꼴값을 떨어댔다.

精靈降誕聖儀千古

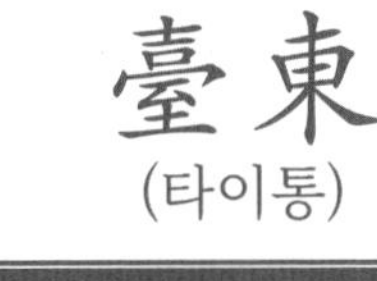

(타이통)

lùyě
關山 → 24.96km → 鹿野

[도보 시작 : 26일 / 총 439.07km 도보]

며칠 전부터 계속해서 평지인 덕분에 걷는 게 수월했다. 도로 옆의 농작물은 사탕수수밭에서 옥수수밭으로, 또 바나나 농장으로 변했다. 양봉 작업이 한창인 현장을 지나갈 때는 가까이서 채취 과정을 관찰할 수 있었다. 과거에는 허리 아래서 나는 과일이라고 상상도 하지 못했던 파인애플 농장을 지겹도록 지나가면서, 짧기만 했던 가방끈이 살아 있는 탐구생활로 채워지는 기분을 느꼈다.

잠깐 쉬러 들어간 경찰서에서는 마침 다과회가 한창이었다. 이 지역은 여행자가 지나갈 확률이 낮은 곳임을 증명하듯 대대적인 환대를 받았다. 우리의 목적지를 들은 서장님은 잠시 통화를 하더니 오늘 꼭 가보라면서 목적지와 다른 지역의 주소를 적어주었다. 먼저 부탁하지도 않았고, 잘 곳이 없어 곤란하다는 이야기도 하지 않았는데, 우리 몽타주들이 야외 취침 상이었나 보다. 벌써 여러 차례 유사한 친절을 접하고 있다. 매번 어떠한 말로도 고마움을 다 전할 수 없어 아쉬울 뿐이다.

주소에 근접한 게 확실한 장소까지 와서 위치를 찾을 수 없었다. 인터넷이 되는 환경도 아니어서 발품으로 묻고 다녀도 아무도 알지 못했다. 둘 다 선천적으로 타고난 길 찾기 능력이 제힘을 발휘하지 못했다. 같은 자리를 한 시간 이상 헤매다 포기하기 직전에 이르렀다. 예정에도 없던 여기까지 오기 위해 길을 상당히 돌아왔기 때문에 다음 마을까지 최소 두세 시간을 이동해야 하는 상황이었다. 정말 마지막이라 생각하고 한 번 더 길을 찾아 나섰다. 인적 없는 오솔길을 걸어 나서다가 마침 길에 서 있는 아가씨에게 주소지를 물었다. 아가씨는 손가락으로 자기 발을 가리켰다.

"여기???"

방금까지 굳어 있던 표정에 간신히 미소가 맴돌았다. 주소에 대한 첫인상은 정체불명의 농장이었다. 광활한 대지에 닭장, 파파야 나무, 생강, 강황 등이 즐비한 가운데, 군데군데 건조 중인 빨간 열매 나무는 거의 모든 땅에 심겨 있었다. 미키는 빨간 열매가 원두라고 말했다. 본 적이 없으니 믿을 수밖에 없던 열매 속에는 진짜 원두가 들어 있었다. 이곳의 정체는 커피 농장이었다.

언어 장벽이 있어도 말이 잘 통하는 사람이 있는가 하면, 단 한마디 말도 알아듣기도 버거운 사람이 있다. 농장 식구들은 그 후자로 그들과는 의사소통이 거의 되지 않았다. 그래서 왜 서장님이 여기를 소개해줬는지, 어떠한 관계로 얽혀 있는지 전혀 알 수 없었다. 서로의 존재 자체가 미궁이었지만, 개의치 않고 열심히 대화하다 보니 마음은 통하는 듯했다.

전화 한 통화로 이방인을 맞아들인 이들의 호의에 어떤 일이든 돕고 싶었다. 이래 봬도 둘 다 공사 현장에서 힘 좀 써본 사람들이다. 그러나 본격 수확 철이 아니어서 그런지 우리 일손까지는 필요 없어 보였다. 가족 경영의 커피 농장 사람들은 커피를 생수처럼 마셨다. 덩달아 우리까지 입이 호사하면서 개인적으로는 소망 하나가 성취되었다. 그 소망은 커피 농장에서 갓 볶은 원두를 마셔보는 것이다. 커피 애호가라면 한 번쯤 상상해봤을 소망이 여기서 이루어졌다. 평소 특정 체인점 커피에 길들여진 탓에 미사여구를 동원할 정도까지의 맛은 아니었어도 커피에 의존해온 인생사에서 최고의 순간이었음은 틀림없었다.

농장에 마련된 널찍한 손님방. 근래 들어 무슨 운이 따르는 건지, 하루 걸러 하루는 한국에 있을 때보다 더 쾌적한 잠자리에 들고 있다.

1. 석가 / 2. 일반 석가 / 3. 배 맛 석가

농장에서 재배한 강황으로 지은 밥에 훌륭한 자급자족 반찬을 저녁으로 대접받고, 후식으로 타이퉁 대표 고급 과일 석가(释迦 shìjiā)를 쌓아두고 먹었다. 전국에서 볼 수 있는 일반 석가와 달리 금세 짓물러 타 지역 판매가 어렵다는 이곳 배 맛 석가는 숟가락으로 파낸 자리에 설탕물이 고일 정도로 당도가 엄청났다. 이 고급스러운 과일을 주변 농장에서 처치 곤란으로 받았다는 말에 야식으로 또 석가를 먹고, 그 후 또 커피를 마시는 그야말로 신선놀음이 따로 없는 하루였다.

臺東
(타이통)

鹿野 → 약 10km추정 → 臺東

[도보 시작 : 27일 / 총 449.07km 도보]

닭장에서 곧바로 가져온 계란으로 만든 토스트와 커피 농장의 신선한 커피, 녹음이 푸른 나무들 사이로 들어오는 햇살이 운치를 더하니 사우디 왕자가 부럽지 않은 풍족한 아침을 맞이할 수 있었다. 우리는 신세 진 것에 대한 답례라고 하기도 민망하지만, 주머니 사정에 맞춰 원두를 구입했다. 개인적으로는 원산지 수확물을 구입해 보는 것만으로도 아주 값진 경험이 됐다.

지금 서 있는 루예(鹿野)에서는 매년 여름에 열기구 축제가 열린다. 마을 곳곳에는 일본 식민지 시절의 가옥들도 방치되어 있는데, 볼거리를 전부 건너뛰고 온 우리를 위해 커피 농장주가 가이드를 자처했다. 원래라면 길을 나서야 할 시간이었다. 이 시간을 안락한 관광으로 보내버리는 사이 도보 골든타임을 놓쳐버렸다. 우리의 출발 골든타임은 대략 오전 6~8시를 말한다. 도보는 시간에 상관없이 출발하면 되는 것으로 생각할 수 있겠지만, 신체 리듬이라는 게 또 그렇지 않다. 새벽부터 기동 대기 중인 몸은 갑자기 편해지거나 시간이 미뤄지면 멋대로 휴식기에 접어든다. 이때부터는 움직이는 것 자체가 귀찮아지고, 몇백 킬로를 걸어온 게 거짓인 것처럼 몸이 늘어진다. 지금이 딱 그랬다. 당장 닭장에 들어가 닭똥을 베고 잘 수 있을 만큼 늘어지고 있었다. 그래도 걸어야만 하니 어찌하겠는가… 마지못해 배낭을 싸 들 수밖에….

잠깐 몇 걸음 내디뎠을 뿐인데 길이 까마득히 느껴졌다. 타이퉁으로 향하는 차량이 많아 여러 번 가드레일에 몸을 기댈 만큼 걷는 게 순탄치 않았다. 날씨는 어찌나 끝내주던지 최근 들어 땀을 가장 많이 흘렸다. 그렇게 6km를 걸었을 때였다. 서부 보안관 같은 풍채를 갖춘 아주머니가 차를 돌려와 세우더니 타라고 손짓해왔다. 정중히 사양했음에도 아주머니는 손짓을 멈추지 않았다. 도로에 차들이 달려오고 있었기에 길을 막을 수는 없어서 일단 차에 올랐다. 무척 당황스러웠다. 지금껏 눈치로 해오던 대화가 한마디도 통하지 않았기 때문이다. 쉴 새 없이 말을 건네오는 아주머니에게 나는 차를 세워달라는 마임을 했다. 그렇게 해서 멈춘 곳이 아이스크림 가게였다. 아주머니는 아이스크림을 각자 1개씩 시키더니 우리를 앉혔다. 참고로 여기서 먹은 아이스크림은 이전에 둘이서 하나를 감질나게 먹었던 아이스크림으로 온전히 하나를 먹게 된 건 매우 황송했다. 그건 그렇고 거기가 어딘지 도통 알 수 없었다. 지도를 보니 가고자 하는 방향과 전혀 달랐다. 아이스크림을 사준 데 대한 감사의 말씀을 충분히 전하고 밖으로 나왔다. 여기부터라도 제길을 찾아 나서야 한다. 그러나 우리는 또 차에 타고 말았다. 이 과정은 처음과 유사했다. 아주머니 고집은 우리가 꺾을 수 있는 것이 아니었다.

어느새 아주머니 집까지 따라 들어갔다. 혼자 사는 것으로 보이는 집은 대궐같이 넓었다. 미키가 강제로 권유받은 샤워를 하는 동안, 나는 아주머니의 세계 여행 사진을 구경했다. 원래 남 사진에 흥미가 없는데도 시간 가는 줄 모르고 넘겨보다가 특정 국가에 멈춰 섰다. 빨간색 배경에 비장한 주체 사상이 적힌 걸 보니 북한 사진이었다. 글자 하나하나 유심히 읽는 나를 보던 아주머니는 영문 모를 호탕한 웃음을 지었다. 미키가 씻고 나오자 아주머니는 자고 가라는 손동작을 했다. 가릴 처지는 아니었어도 말도 거

가장 이해가 쉬운 필담으로 대화를 시도했으나 이조차도 거의 통하지 않았다. 처음이었다. 필담에서도 막힌 것은.

의 안 통하고, 느낌상 기약 없는 다음이 낫겠다 싶어 배낭을 다시 챙겨 들었다. 집을 나설 때 아주머니가 뒤따라 나왔다. 차를 가져와서는 우리를 타이통 시외버스 터미널에 내려주었다. 그리고는 간다고 한 적 없는 마을 차 시간을 알아봐 주면서 해당 지역 경찰서를 적어주었다. 생각했던 이상으로 의사소통이 안됐었나 보다. 우리는 당황한 기색을 감추고 손 흔들며 가는 아주머니를 웃는 얼굴로 보냈다. 당황해한들 서로 꼬여버린 해석을 풀어낼 자신도 없었다. 그 결과 너무도 뜬금없는 곳에 와버렸다. 그나마 안심할 수 있었던 것은 같은 장소에 와봤던 내가 지리를 잘 알고 있었기 때문이다.

우선 공중전화기부터 찾아 수일 전 카우치서핑을 수락해준 호스트에게 전화했다. 원래라면 내일 도착 예정이었는데 하루 앞당겨진 것에 관해 설명을 했다. 호스트는 잠시 주저하더니 오늘 와도 괜찮다고 말했다. 갑작스러운 방문만은 피하고자 10분 거리를 서너 시간 뒤에 도착할 거라고 전한 뒤, 편의점 등지에서 시간을 때웠다. 3주 만에 하는 카우치서핑이다. 그동안 잘 곳 없이 여기까지 잘도 왔다.

타이통에 사는 여러 호스트에게 보낸 연락 중 유일하게 답변과 승낙을 해준 유. 사실 유는 가장 오래 보류했던 호스트여서 이 승낙을 기뻐해야 하는 건지 고민하게 만든 장본인이다. 입을 사정없이 찢고 렌즈를 쏘아보는 프로필 사진 때문이었다. 사진만 보면 흡사 돌 아이 같았다.

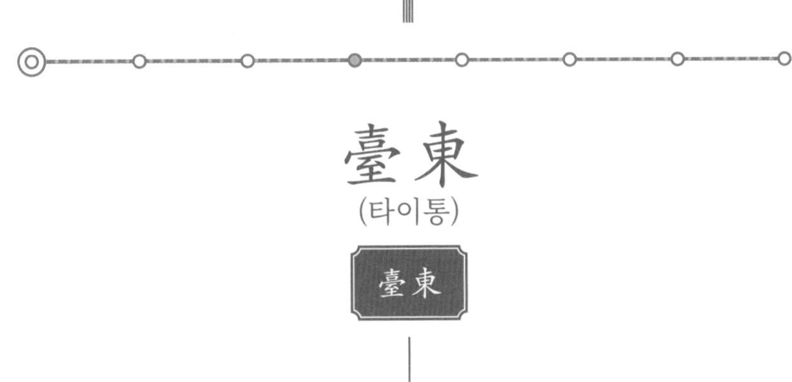

臺東
(타이통)

臺東

[도보 시작 : 28~30일]

고산을 등정할 때도 쪼리, 관혼상제 때도 쪼리만 신는 호스트 유를 만나고 나서 얼마나 웃었는지 모른다. 이 정도까지 웃는 게 연중행사보다 드문 우리여서 그런지 그녀의 웃기는 능력이 놀라웠다. 유와 우리에게는 놀라운 공통점이 있었다. 지구상 가장 뛰어난 별천지로 알려진 인도에 거주한 경험이다. 인도까지 가게 된 사연들은 각기 달랐다. 나는 여행사 일을 하기 위해 미키와 갔고, 유는 티베트인과 혼인하여 신부 입장으로 갔다. 우연히라도 만날 일은 없던 거리에 살았어도 요지경에 살았던 이유만으로도 우리에게는 끈끈한 유대감이 있었다.

타이통의 조용히 흘러가는 모습에 반한 유는 남편과 연고도 없는 타이통에 정착하여 인도 식당을 열었다. 당시 음식 맛이 좋았던 것은 유 친구들이 증언해 주었다. 자연스레 손님이 늘어났는데 타국에서 온 남편의 외로움은 의처증과 과격한 행동으로 표출되었다고 한다. 국제결혼을 한 나는 고국을 떠난 남편의 상황을 이해할 수 있었다. 나 역시 비슷한 과정을 겪었고, 심할 때는 집을 나간 적도 있으니 말이다. 만약 이 시기를 견뎌내지 못했더라면, 지금 미키와 대만에 와있는 일도 없었을 것이다. 다시 이야기로 돌아와 유는 자신의 모든 것을 내주고도 나아지지 않는 결혼생활에 있어 중대한 결정을 내리기에 이르렀다. 혼자가 되기로 결심한 것이다. 위자료는커녕 빈털터리가 된 직후, 유는 자신의 SNS에 다음과 같은 심경 글을 올렸다.

'자유다!!!'

지인들의 축하 인사가 쏟아졌는데, 가장 기뻤던 사람은 바로 자신이었다고 한다.

감자 칩으로 눈을 덮은 유와 절친 보니. 보니는 인도 요가 지도자 코스를 밟고 타이통에서 요가 교실을 운영한다. 카우치서핑 투숙객은 본국의 요리를 만들어 줘야 한다는 유의 규칙에 따라 미키가 또 실패 확률이 낮은 일본 카레를 만들었다. 현재 무직인 유는 심각한 진로 고민을 안고 있었다. 우리 보고 자기 진로를 결정지으라는 황당한 말에 수십 가지를 제안했으나 무엇 하나 진지하게 듣지 않았다.

유의 통 큰 배려로 타이통에 3박 4일간 머물면서 아침마다 보니의 요가 교실에 끌려다녔다. 휴식을 핑계로 쉰다고 하면 유는 "내가 짠 계획이야! 얌전히 참여해!"라고 말하고는 혼자 바닥을 구르며 웃었다. 사람 조종하는 걸 대단히 즐기는 눈치였기 때문에 뭐든 하고 싶은 대로 하게 놔뒀다.

▌타이통 시내 북쪽으로 15분 거리에 있는 샤오예류(小野柳 xiǎoyěliǔ) 공원. MAP: N22.794697 E121.198142

바위 열어 용궁 찾기. 간혹 처음 만난 사람에게도 "그게 농담이에요? 개소리에요?"라는 말을 듣곤 한다.

그녀들의 요가 열정+사진 욕심은 타인의 짠한 구경거리로 훌륭했다.

보니 요가 교실에서 알게 된 사라. 이틀 동안 타이통의 야식을 안내해주는 것도 모자라 매 끼니를 부담해주었다. 사라는 대형 외국어 학원 원장이지만, 화장도 치장도 하지 않는다. 타이통에서는 꾸미는 것 자체가 부자연스럽기 때문이라고 한다. 우리가 본 타이통도 그랬다. 여기는 베개 자국에 칫솔을 물고 출근해도 될 만큼 편안한 분위기였다.

▍지뻔(知本) 온천 忠義堂 MAP : N22.692565 E121.01625

(zhīběn) (zhōngyìtáng)

타이통 남쪽에 있는 자율 요금제 온천 忠義堂 사원. 대만 온 지 한달 새 벌써 세 번째 온천이니 나로서는 삼년치 목욕을 끝내버린 셈이다.

2006년 일본에 다녀온 유의 사진. 세월이 흘러도 유일하게 변치 않는, 계절 타파 쪼리.

臺東

(타이통)

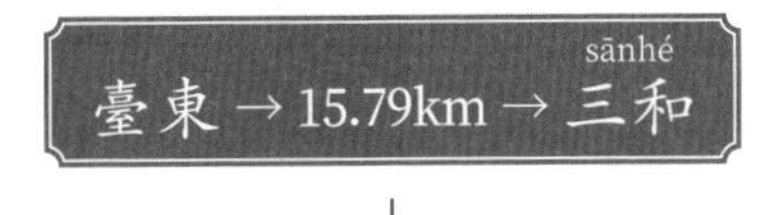

[도보 시작 : 31일 / 총 464.86km 도보]

우람한 다리를 찢어가며 자폭 개그 선보인 유와 작별했다. 우리들은 짧은 시간이 무색하리만큼 친해졌지만, 관계를 유지하자는 약속은 하지 않았다. 나라를 건너야 만날 수 있는 인연은 유지하기가 쉽지 않다는 걸 서로 잘 알아서이다. 언젠가 이상에 가려진 현실이 드러나고, 그 현실을 가로막는 조건들이 없어지면, 그때 다시 인연을 이어가면 된다.

4일 만에 길을 나서자 뭐든 새로 시작하는 기분이었다. 본격적으로 걷기에 앞서, 누벅 가죽이 만신창이가 된 신발을 교체해야 했다. 욕심 같아서는 방수와 투습 기능이 있는 기능성 신발로 교체하고 싶었지만, 예산을 떠나 그런 신발을 파는 곳은 없었다. 그렇다고 어중간한 신발은 사고 싶지 않

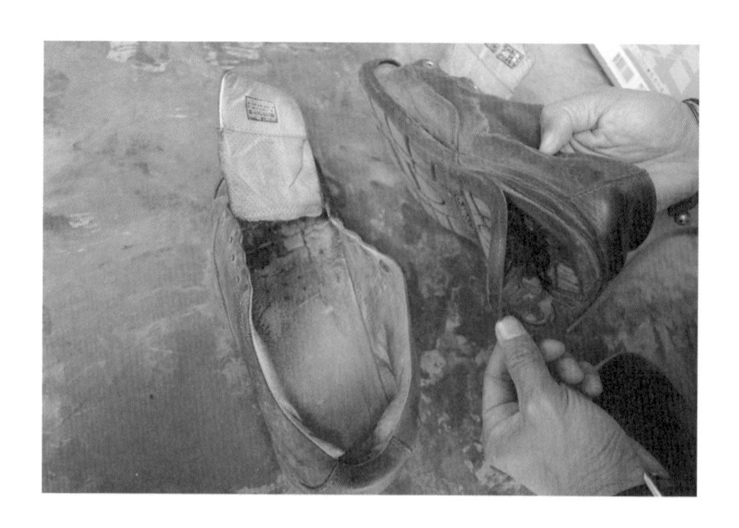

았다. 아직 600km나 남은 상황에서 발 때문에 심하게 고생할 것이 뻔했기 때문이다. 여기서 복잡하게 생각하지 않고 자기 합리화에 나섰다. 근래 라디오에서 들은 원로 여행자의 음성을 떠올려봤다.

"옛날 사람들은 발힘으로 걸었지만, 현대인은 신발에 의지해 걸으려 한다."

딱히 울림이 없던 말이 지금 상황에서는 명언처럼 다가왔다. 잠시 나 자신을 다독인 후 신발 가게가 아닌 철물점으로 향했다. 신발 중에서도 가장 싼 단화 형태의 무광 장화를 구입했다. 극단적으로 젖지 않으려는 발악과 신체 장비를 믿어보겠다는 패기였다. 결론적으로는 매우 잘한 선택이었다. 한 달 이상 장화만 신었지만 끝까지 발로 인한 고생은 단 한 번도 하지 않았다.

날이 저물기 전에 야영에 적합한 공원을 발견했다. 오랜만에 야영을 하게 되어 그런지 긴장도 되고, 내키지 않았다. 공원을 1차 후보로 두고 근처 학교를 찾아갔다. 외관상 야영이 불허할 것 같은 예감은 다행히 빗나갔다. 흔쾌히 야영 허락이 떨어졌고, 넉넉한 구호물자도 배급받았다.

야영지로 땅이 비스듬한 주차장을 고르자 장소가 열악하다는 이유로 강제 이주령이 내려졌다. 이주한 장소는 지붕과 잠금문, 정수기가 있는 도구실이었다. 지금부터 이틀간 학교가 비니 문만 잠그고 떠나라는 말만 남긴 채 모두가 퇴근했다. 순식간에 지나간 상황들 속에서 머리가 멍해졌다. 내가 받은 호의들이 자신도 믿기 어려울 만큼 얼떨떨했다. 타인의 입을 통해 유사한 일화를 듣는다면 나부터 믿지 않을 그런 일들만 연속으로 일어나고 있었다. [구호물자 수령 횟수 : 20회]

臺東
(타이통)

[도보 시작 : 32일 / 총 488.72km 도보]

며칠 새 편하게 걷던 평지가 바다와 절벽으로 바뀌었다. 오랜만에 굴곡진 길을 걸으니 둘 다 몸 따로 마음 따로 움직였다. 식당이 없어 급한 허기는 생라면으로 해결했다. 소비한 칼로리를 채우기에는 턱없이 부족했다. 한참 뒤에야 나온 편의점에서 미키가 앉은 채로 잠들었다. 원인은 몰라도 일단 엎어지면 그저 '피로 누적'으로 판단한다. 어느 정도 쉬었으면 겨드랑이에 손을 걸고서라도 일으켜야 한다. 이때 무언의 짜증도 받아내야 하고, 손도 축축해지지만, 이렇게라도 하지 않으면 고지는 탈환할 수 없다.

힘겹게 다다른 마을에서 고민하지도 않고 이동을 멈췄다. 주변에 야영할 만한 곳이라고는 교회밖에 없는 가운데, 야영 허락이 떨어지지 않았다.

체력 소모에 비해 속도가 현저히 떨어질 때는 스틱으로 배낭을 밀며 걸었다. 스틱을 지렛대로 두 사람이 무게를 분산시키면 잠깐이나마 속도가 빨라지는 효과를 볼 수 있다.

어쩔 수 없이 한참 떨어진 중학교를 찾아갔다. 여기서도 허락을 받을 수 없다면 다시 돌아가기에는 난감한 거리였다. 정문에서부터 독특한 조형물들이 시선을 끄는 학교에는 남녀 원주민 상에 성기가 사실적으로 묘사된 조각판이 걸려 있었고, 운동장에는 완성도 낮은 유방 모형이 놓여 있었다. 지금까지 봐온 학교들과는 사뭇 다른 느낌이 들었다. 다행히 야영이 허락되고, 곧바로 야영지를 안내받았다. 이 학교는 야영 구역이 따로 마련될 만큼 많은 야영객이 찾는 곳이었다. 그때까지 여러 번 학교 신세를 져왔는데 야영 구역이 존재하는 학교는 처음 봤다. 특별한 시설이 있는 건 아니었어도 최대한 덜 송구스러운 마음으로 신세 질 수 있었다.

밤에는 아무도 없는 교무실에서 공익근무요원과 수다스러운 밤을 보냈다. 그는 평범한 대만인이기 때문에 학교에서 쓰이는 원주민 말, 원주민어 수업은 전혀 못 알아듣는다고 말했다. 유사한 문화가 없는 우리로서는 경상도만한 나라에서 이게 무슨 소리인가 싶다.

우리를 위해 과일을 깎아주던 학생. 집이 먼 학생은 부모가 집을 비울 일이 생기면 학교 공익근무요원과 기숙사 생활을 한다. 공익근무요원이라도 신분은 엄연히 군인이다. 부모 입장에서 이만큼 듬직한 보호자는 없으리라 본다. 학교는 미분방정식 풀이보다는 사회에서 필요로 하는 기술 습득에 힘 쏟는 듯했다. 가령 미용, 토목, 물건 가공 등이다. 가르치는 사람과 학생 사이에 섬세한 소통이 많아 그런지 중학생이 웬만한 어른 못지않게 의젓했다. 윗사람도 학생을 대할 때 거들먹거리지 않았다. 높임말로 예의를 따지지 않으면서 연령도 의식하지 않았다. 이런 인격적인 광경을 볼 때마다 내가 어리다는 이유로 견뎌야 했던 부조리들이 안쓰럽게 떠오른다.

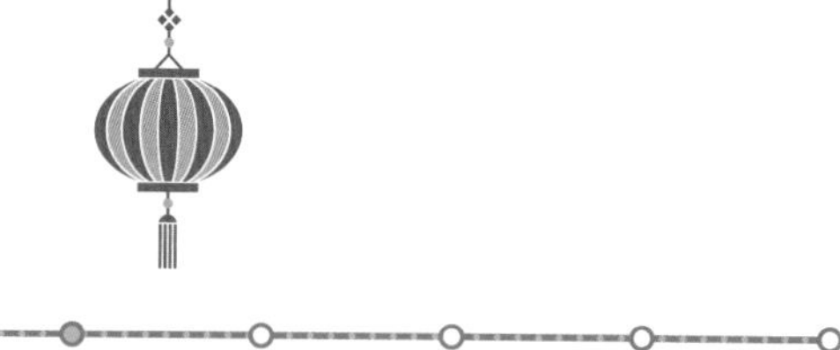

臺東
(타이통)

金崙 → 22.26km → 大鳥(dàniǎo)

[도보 시작 : 33일 / 총 510.98km 도보]

대만 동쪽에서 머무는 마지막 날이다. 내일은 더 이상 남하할 길이 없다. 꼬리처럼 비죽 튀어나온 지형이 있긴 하지만, 그곳은 전문 가이드와 함께 밧줄 잡고 해안가를 넘나드는 고도(阿朗壹古道, ālǎngyīgǔdào)라서 사실상 오늘이 마지막이다.

해안가를 걸으며, 우리밖에 없는 시간이었다. 구름에 가려 있던 석양이 자취를 감추기 전에 머나먼 수평선을 바라봤다. 바다를 싫어하는데도 멍때리게 되면서 느닷없는 낭만이 떠올랐다. 달빛 속에 장작 타는 소리와 파도 소리를 자장가 삼고 싶은 낭만이었다. 까짓것 실행에 옮기면 되겠다 싶어 현실적으로 구상해봤다.

▌대만에서 최고로 아름답다는 기차역 뚜어량(多良車站 duōliáng chēzhàn). 역에 내리는 순간 끝없는 바다가 눈을 압도한다. 일단 '최고' 자가 붙으면 딸려오는 상업성 때문인지 역 중에 가장 별로였다. MAP : N22.506780, E120.958667

학교를 떠나던 아침에 공익근무요원이 그려준 초상화. 내 얼굴을 보니 그는 극사실주의에 재능이 있는 걸 알 수 있었다. 그림 아래에 적힌 '一路順風 yīlùshùnfēng' 은 '순조로운 여행 되시오.'라는 기원문으로 대만을 걷는 동안 여러 번 들었던 말이다.

주운 파파야로 비타민 보충. 길에서 가장 흔하게 보는 과일 중 하나가 파파야다. 자연이 주는 선물은 언제나 기쁜 마음으로 먹는다. 오해는 하지 말자 이 기쁨은 자연이 주는 기쁨이 아닌, 공짜가 주는 기쁨임을.

첫째, 텐트 가까이에서 불을 피우면 텐트에 불빵이 생긴다.
둘째, 텐트 천장은 개폐식 천문대가 아니므로 달빛은 상상해서 그려야 한다.
셋째, 잔잔한 파도 소리가 성난 파도 소리로 바뀔 날씨가 겁난다.

타인의 낭만을 감성팔이라고 비꼬던 내가 오늘이 마지막 동쪽이라는 생각에 미쳤나 보다. 지체 없이 근처 학교를 찾아갔다. 운동장을 가로질러 교무실로 가는 길에 공익근무요원이 걸어 나왔다. 자기를 배낭여행객이라고 소개하던 공익근무요원은 우리의 방문을 알고 있었다고 말했다. 그저 발길 닿는 대로 왔거늘 어떻게 알았다는 거지? 근처에도 다른 학교가 있는데 말이다. 이야기를 들어보자 바로 고개가 끄덕여졌다. 어제 만난 공익근

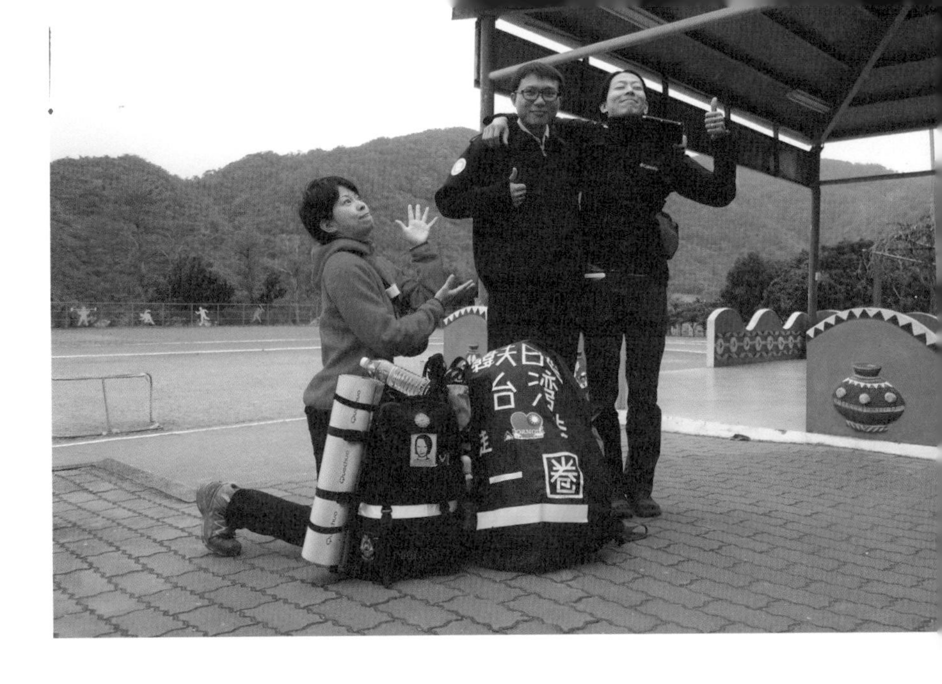

무요원이 관할 연락망에 우리 이야기를 하면서 분명 여기로 찾아갈 것이라고 귀띔했다는 것이다. 끄덕여졌던 고개가 이번에는 옆으로 기울었다. 우리가 조물주의 마리오네트도 아니고 여기를 찾아온다는 보장이 어디에 있었겠는가? 뭐, 덕분에 야영 허락 구하는 수고는 덜었지만, 머리로는 이해를 할 수 없는 상황이었다.

언제는 이해할 수 있는 일만 있었나? 그저 넙죽하고 받아들여야지.

공익근무요원이 학창 시절에 배운 한국 노래를 불러주었다. 미키도 너무 잘 아는 아리랑이었다. 아리랑만큼은 자신 있게 연주하는 내가 줄이 풀린 통기타를 집어 들면서 삼국의 여행자들은 밤늦게 아리랑을 합창했다. 노래가 끝나자 온몸에 소름 돋았다. 이건 모두에게 흔치 않은 기회였다. 특히 공익근무요원의 반응이 인상 깊었다. 표정의 반은 무표정이던 그는 직접 녹화한 아리랑을 돌려보면서 어느 누구보다도 흐뭇해했다.

píngdōng

屏東

(핑둥)

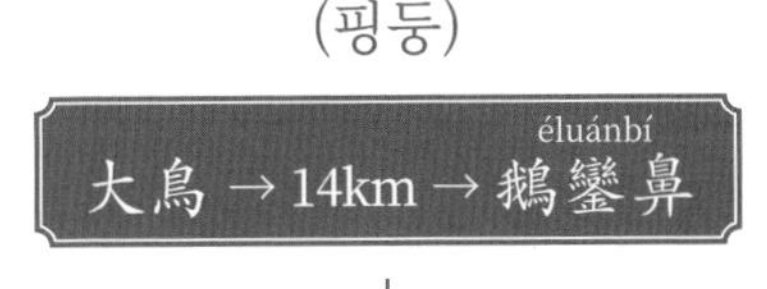

[도보 시작 : 34일 / 총 524.98km 도보]

타이통에서 현상한 사진을 보내기 위해 우체국에 들렀다. 말이 안 통하면 관공서 업무가 어려울 것 같아도 돈이 오가는 건 계산기만 두드리면 되니 오히려 간단하다. 당장 주소를 아는 4인에게 사진을 보냈다. 골동품 수집가 왕 선생, 안통 온천의 마마, 소망을 이뤄준 커피 농장, 그리고 일본 처가댁이다. 미키는 어느 나라를 가든지 체류 기간이 길어지면 친정에 사진을 부친다. 그에 반해 아날로그 감성이 부족한 나는 핸드폰으로 안부를 묻는 게 전부다.

어깨보다 낮은 담을 경계로 해안길을 걸었다. 성난 풍파가 방파제를 치고, 흩날리는 진눈깨비에 온몸이 소금으로 절여졌다. 자연의 굉음 속을 묵

묵히 걷는 사이, 마침내 서쪽으로 꺾이는 분기점에 도착했다. 이로써 여정의 반을 걸은 셈이다. 자축은 나중에 하기로 하고 당장은 허기부터 달래야 했다. 어느 해안가든 자릿세가 비싼 건지 예산에 맞는 식당이 없었다. 그토록 저렴하던 도시락집도 마찬가지였다. 포장으로 공깃밥 4인분과 간장조림 계란만 겨우 살 수 있었다. 비록 서러운 식단이었어도 콩 통조림을 곁들여 먹으니 배만큼은 남 부럽지 않게 불렀다.

이동 거리는 그다지 길지 않았지만 둘 다 해풍을 맞아 그런지 체력이 방전됐다. 여기서부터 신중한 선택이 필요했다. 지금 자리서 하루를 머물고 가느냐, 히치하이킹으로 서쪽을 가로질러 가느냐다. 또 서쪽을 지나서도 바로 북쪽으로 가느냐, 최남단을 들리느냐로 고민하였다. 어쨌거나 지금부터 걷지 않는 것만은 확정되었다. 현 분기점인 난회이꽁루(nánhuígōnglù 南迴公路) 도로가 쑤화꽁루만큼이나 위험한 이유에서다. 불과 며칠 전에는 산사태마저 났었는데, 따푸 경찰서 서장님은 그 뉴스를 우리와 함께 본 후 우리에게 절대 걷지 말라고 당부했다. 그럼에도 무슨 호기심에서인지 잠시만 걸어보기로 했다.

길을 나서자마자 우리가 지나는 걸 지켜보던 아저씨가 롄우(liánwù 蓮霧)라는 과일을 주었다. 아저씨는 다가오기 전부터 망설이는 게 보였다. 못 본 체하자니 눈에 밟히고, 접근하자니 오지랖이 넓은 것 같아 망설이는 것 같았다. 그 망설임이 어떤 느낌인지 나는 잘 안다. 순수한 선심을 나쁜 속셈으로 받아들이면 상처가 되기 때문에 망설여지는 거다. 그렇다고 못 본 체하면 몇 날 밤이고 눈에 밟히는 경우가 있다. 특히 상대방이 비슷한 여행자일 때는 더욱더 그렇다. 이상하리만큼 감정이입이 되면서 휘발성 모성 본능이 생긴다. 아저씨가 용기를 낸 거로 보아 그 역시 여행자였던가 싶다.

난회이꽁루에는 굴곡진 능선도 없고, 바람도 불지 않았다. 그런데도 금세 걷기를 포기했다. 화물트럭이 내달리는 도로 가장자리를 걸어 보니 운전자를 위해서라도 걷지 않는 게 낫겠다 싶었다. 즉시 히치하이킹을 할 장소를 선정했다. 자발적인 두 번째 히치하이킹. 자칭인지 타칭인지 나보다 인상이 낫다는 미키가 엄지를 치켜세웠다. 평소에는 원치 않아도 자주 멈

오이처럼 아무리 먹어도 포만감을 느낄 수 없는 렌우. 맛은 사정없이 청량하다.
[구호물자 수령 횟수 21회]

렌우를 받고 다시 길을 나설 때였다. 아저씨가 차로 따라와서는 타라고 했다. 어차피 히치하이킹을 할 예정이었지만, 목적지가 서로 반대인 것을 확인하고서는 정중히 사양했다. 몇 번의 권유와 사양이 반복되자 아저씨는 이미 한 차례 건네온 렌우를 봉지째 건네왔다. 태워주지 못하는 것을 정말 미안해하는 눈을 보며 이마저 사양하기는 어려웠다.

추던 차들이 이럴 때는 쫓기듯이 지나갔다. 생각보다 차가 잘 서질 않자 미키가 작전을 변경했다. 일반 차가 아닌 화물트럭을 공략하겠다는 거다. 나는 콧방귀를 끼며 한 발짝 물러났다. 그런데 바로 희망이 보이기 시작했다. 엄지를 본 화물트럭 기사님 대부분이 동공이 흔들리더니 불과 3분 만에 한 대가 멈춰 섰다. 진짜 화물트럭이었다. 나라면 하지 않았을 발상을 미키가 한 덕분에 히치하이킹에 성공했다. 화물트럭의 조수석 높이는 사람 키 정도였는데 거기에 올라앉았다. 이렇게 높고 넓은 조수석은 처음이었다. 마치 로봇 머리 조종석에 앉은 마냥 신기했다. 기사님은 즉시 무전 교신을 나누며 껄껄 웃었다. 미키는 앞서 우리를 발견한 동료들에게 지금 상황을 알리는 중이라고 추측했다.

무사히 난회이꽁루 끝자락에 도착하여 도로 한복판에 섰다. 도보 여행가들은 굳이 최남단을 안 들린다는 게 정설이다. 제아무리 빨리 다녀와도 왕복 5일이 소요되고, 해양 휴양지만 있으니 굳이 갈 필요가 없다는 것이다. 애당초 우리도 최남단은 뺄 계획이었다. 그러나 현지인처럼 언제든 갈 수 있는 환경이 아니므로 잠시 갈등을 하게 되었다. 그러다 히치하이킹이 되면 가보는 것으로 의견이 모아지는 순간 승용차가 멈춰 섰다. 마주 오는 차에 내가 반사적으로 엄지를 든 게 그만 차를 세워버린 것이다. 이런 식으로 순조롭게 2번을 더 히치하이킹하여 더 이상 육지가 없는 최남단 우란삐(鵝鑾鼻)에 도착했다. 이 선택으로 도보 기간이 3일 더 연장됐다.

최남단에 오자 기분이 좋았다. 친절한 사람들을 만나 여기까지 온 것도 좋았고, 지금까지 봐오던 경치와는 다른 느낌도 좋았다.

▎우란삐 등대(鵝鑾鼻燈塔 éluánbídēngtǎ) MAP : N21.902245, E120.852664

차 안에서 유심히 살펴본 결과, 이 일대에서는 텐트 치는 순간 쫓겨날 것 같았다. 먼저 선 자리를 중심으로 야영지를 수소문했다. 대부분이 없다거나, 한참 멀리 있는 유료 캠핑장을 가라고 했다. 그러다 한 기념품 가게에서 공원 화장실을 가리키며, 옆에 텐트를 치라고 알려주었다. 입지는 내키지 않았어도 달리 선택할 여지는 없어 보였다. 일단 벤치에 앉아 주변 불들이 꺼질 때까지 기다렸다. 몸은 피곤해지고 서로 말수가 줄어드는 이 시간이 싫었다. 아까의 좋았던 기분을 이어가기 힘들 줄 알았으면, 애초부터 평정심으로 있을 걸 하는 생각도 들었다. 텐트 칠 시간이 다가오자 낮과는 차원이 다른 바람이 불었다. 텐트가 날아가기라도 하면 필리핀 연안까지 찾으러 가야 할 바람이었다. 참고로 우리 텐트는 양 끝을 바닥에 고정하지 않으면 쓰러지는 비자립식이다. 자립식보다 가벼운 것 외에는 모든 게 단점이다. 특히 바람에는 상당히 취약하다. 굉장히 어렵게 텐트를 치고 안으로 들어가자 환기 틈으로 흙먼지가 쳐들어왔다. 거기에 텐트가 흔들리는 소란함이 멈추질 않아 자는 건 포기해야 할 상황이었다. 이런 악조건을 버티던 중, 텐트 채로 날아갈 것 같은 강풍이 덮치면서 벌떡 일어나 앉았다. 귀가 먹먹하고 정신이 하나도 없었다. 엎친 데 덮친 격으로 불빛이 비쳐왔다. 갑자기 불길한 예감이 들었다. 텐트를 열자 플래시가 눈을 정면으로 쏘고 있었다. 경비원으로 보이는 두 사람은 당장 철수를 명령했다. 이때 조금의 관용도 기다림도 없었다. 순간 불쾌지수가 발화 직전의 폭탄만큼 치

솟았다. 서로 거슬리는 발언을 하기라도 하면 대형 폭발이 발생할 뻔한 상황이었다. 애써 오만상이 된 얼굴을 마주하지 않고 각자 짐을 챙겨 나섰다. 설상가상 가랑비까지 내리기 시작했다. 비가 좌우로 옆을 때리니 우산은 펼쳐 봤자였다. 진퇴양난에 빠진 채 내일 갈 길을 걸었다. 다행히 1km 남짓 떨어진 학교에서 새벽 6시 전에 떠나는 조건으로 야영 허락을 받았다. 이마저도 사정사정해서 겨우 허락을 받은 것이었다. 원래라면 내일 시작될 도보 여정 2부가 강제로 앞당겨졌다. 도보 첫날이 1부였다면, 1부 못지않게 호된 2부 신고식이었다.

屛東

(핑둥)

鵝鑾鼻 → 18.33km → 恆春

[도보 시작 : 35일 / 총 543.31km 도보]

최남단에 있던 히치하이킹 정류장.

도보가 시작된 이래 가장 짧은 밤잠을 잔 후, 약속한 대로 새벽 6시 전에 출발했다. 공복에 비상식량도 없이 걷다 보니 '꽃게 출몰 차량 서행' 표지판이 메뉴판으로 보였다. 실제 출몰을 목격했다면 바로 코펠에 삶을 판이었다. 대만 최남단은 전 세계 휴양지를 모방한 건축물이 즐비했다. 거기에 가로수로 정갈하게 심어진 야자수를 보며 여기가 외국이라는 사실이 새삼 실감 났다.

이틀 연속 같은 자전거 여행가와 마주쳤다. 홍콩에서 온 청년이다. 그는 혼자서 우리 두 명 예산의 3배를 쓴다고 했다. 나는 그런 실례되는 질문을 뭐하러 했는지 모르겠다. 아마 자전거는 귀족 여행이라 생각해 인정하고 싶지 않았나 보다. 딱히 넉넉한 예산도 아닌데 블로그에 그의 흉을 적어놨다. 부러움과 시기하는 마음에서였다. 그리고는 잊고 지내던 어느 날, 어떤 경로로 찾아왔는지 당사자가 쓴 댓글이 달려 있었다. '언제 다시 대만을 오느냐?'는 내용이었다. 그제야 내가 쓴 글을 다시 읽어보면서 욕이 나열된 문장을 보고는 얼마나 민망했는지 모른다. 욕을 번역기로 돌려보자 다행히 '강아지'로 나왔다. 안도는 되었지만, 나의 모자란 행동이 부끄럽기 짝이 없었다. 이 지면을 빌어 어리석었음을 시인하고 싶다.

새로 시작된 반은 이전 같은 여유가 느껴지지 않았다. 길은 평지라 수월해도 자연을 벗 삼던 쉼터가 확연히 줄었다. 어제 점심 때까지는 사람 한 명 마주치는 것이 반갑더니, 그와 반대가 되자 어제가 그리웠다. 그래도 길에서 보낸 시간이 적지 않으니 곧 적응할 것을 자신했다. 마침 휴식이 필요하던 차에 관광안내소를 들렀다. 미키는 언제나처럼 팸플릿을 챙기고, 나는 곧바로 카우치서핑을 시도했다. 이 근방의 호스트에게 기존 내용의 날짜만 바꾼, 성의 없는 메시지를 보냈다. 성의가 없을 수밖에 없던 이유는 날짜가 바로 오늘이었기 때문이다. 그런데 뜻밖에도 10분 만에 답장이 왔다. 조금의 기대도 없이 답장을 보니 '오늘 밤 와도 좋다'는 내용이 적혀 있었다. 답장이 반이라도 오면 많이 오는 카우치서핑 사이트에서 즉답이 왔다는 것은 엄청난 운이 따른 것이다. 심지어 주소를 보니 집이 앞으로 지나갈 길목에 정확히 자리 잡고 있었다. 어제의 냉혹했던 야밤 유배기를 곱절로 보상받은 기분이었다.

한결 더 가벼워진 발걸음으로 관광안내소를 나설 때, 난감한 표정을 짓고 있는 중국 관광객을 만났다. 목적지로 가는 차편이 없어 여기까지 왔다는 말을 들은 미키가 열심히 무언가를 설명했다. 말이 잘 안 통하자 미키는 도로에서 자세를 잡고, 회심의 미소를 짓더니 순식간에 차를 세웠다. 그러고는 관광객과 운전자가 직접 대화를 나누게 하여 히치하이킹을 성사시켰다. 역시 백문이 불여일견이었다. 이 과정은 누가 보면 전속 기사를 부른 줄 알았을 정도로 빨랐다. 어느덧 미키는 히치하이킹 장인 반열에 올라와 있었다. 어제는 화물트럭까지 세웠으니 말이다. 고맙다고 손 흔드는 여행객을 떠나보내며, 나는 혹시나 하는 마음에 차 사진을 찍어두었다. 이 모든 게 자발적·능동적이었다. 미미하게나마 타 여행객에게 도움을 주다 보니 도움받을 때와 똑같은 온기가 가슴을 맴돌았다. 지금까지 우리를 도와준 사람들을 떠올리며 다시 한 번 감사함을 느꼈다.

미키와 비슷한 연배의 호스트는 자녀가 벌써 고등학생이다. 곧 자식 농사가 끝나는 가까운 미래부터는 여행가로 자유롭게 살고 싶다는 이야기를 했다. 그래서인지 여태 만난 호스트 중에 가장 많은 여행담을 듣고 싶어 했다.

屏東
(핑둥)

恒春

[도보 시작 : 36일]

몸 누일 장소 외에는 그 어떤 것도 제공하는 것이 없는 카우치서핑. 과분하게도 아침 식사로 토스트와 과일 후식 그리고 진한 커피를 대접받았다. 비용을 아끼려는 여행자를 자비를 부담해가며 챙기는 호스트의 자상함에 아침부터 기운이 났다. 게다가 어제에 이어 이틀을 머물 수 있도록 허락해준 덕분에 오늘은 가벼운 차림으로 마을 탐색에 나섰다. 이곳 헝춘에는 조선 사대문 같은 사대문이 존재한다. 문 안으로는 아기자기한 상점, 식당, 숙소들이 있고, 밖으로는 지면에서 천연 불꽃이 솟는 출화(出火)와 이 지역 대표 축제인 '쇠기름 발린 나무 타기(豎孤棚 shùgūpéng)' 행사장이 있다. 쉬는 날이지만 주변을 둘러보느라 평소 못지않은 양을 걸었다. 잠시 휴식을 취하기 위해 시외터미널에 앉아 있을 때였다. 등 뒤에서 일본어가 들려왔다. 미키

는 초롱초롱한 눈으로 신기하게 반응했다. 원어민의 일본어가 아니었기 때문이다. 호기심을 참지 못하고는 곧바로 출신을 물어봤다. 대만 태생의 원로 원주민들이었다. 그들은 부족도 다르고, 서로 다른 방언을 구사하기 때문에 대화가 통하지 않는다. 그래서 일본 식민지 시절에 배운 일본어로 대화했다. 대만어로 대화해도 될 터인데 모국어처럼 사용하던 일본어가 더 편한 모양이다. 과거 인도에서도 유사한 경험을 했었다. 인도 동남쪽에 사는 인도인과 동쪽에 사는 친척끼리 언어가 달라 둘 다 할 수 있는 일본어로 대화한다고 했다. 웃긴 얘기지만 그 인도인들과 나도 일본어로 대화했다. 미키는 이러한 상황들을 무척 신기하게 바라본다. 아무래도 아시아권에서는 일본어가 경쟁력 있다 보니 그런 것 같다. 남북이 통일되면 입장이 바뀌려나?

▌영원불멸의 출화(出火). 과거 이 장소는 고기와 팝콘 등을 챙겨가 조리해 먹던 소풍지로 전해진다. 지금은 보존을 명목으로 사람만 들어가지 못한다. MAP : N22.008284, E120.757644

헝춘에서 찾은 전국 체인 군만두집 八方雲集(bāfāngyúní). 대도시를 제외하고는 즉석 군만두 10개를 한화 2천 원 미만의 돈으로 사 먹을 수 있다. 가성비가 뛰어나 얼마나 애용했는지 모른다. 군만두를 맛있게 먹는 법을 공유하자면 이렇다. 먼저 한입에 세 개를 동시에 넣는다. 그리고 다 삼키기 전에 또 세 개를 밀어 넣는 반복을 한다. 접시가 빌 때쯤 정면을 쳐다보면, 합석한 일행이 째려보고 있다.

아까의 일본어에 이어 이번에는 한국어가 들려왔다. 알려진 대도시라면 모를까, 한국어 팸플릿도 없는 이곳에 한국 자전거 여행객들이 있었다. 한국어를 듣는 것도 한국인을 만나는 것도 한 달여 만이다. 인사라도 나눌까 싶어 다가갔다. 물론 순전한 내 의지가 아니다. 이 역시 지우펀에서 한국인 단체를 만났던 것처럼 미키의 등쌀에 떠밀려 한 것이다. 자전거 여행객들은 우리가 대만의 반을 걸어왔다는 사실을 믿지 않으려 했다. 게다가 야영 아니면 카우치서핑으로 숙박을 해결한다는 말에 경쟁하는 것도 아닌데 '우리의 완패로소이다.'라는 반응이었다. 나는 내색하지는 않았어도 속으로는 인정받은 듯 우쭐댔다. 지금 생각해보면 서로가 유치하기만 한 기싸움이었다.

자전거 여행객과 우리는 서로 반대 경로로 여기까지 왔다. 여행 정보를 주고받다가 앞으로 가야 할 서쪽에서는 해풍을 조심하라는 말을 들었다. 내리막길에서도 바퀴가 잘 굴러가지 않았다면서 말이다. 우리도 강풍을 겪은 직후라 충분히 안다는 식으로 고개를 끄덕였다. 머지않아 이는 무지함으로 드러났다. 우리가 경험해온 수준은 부채 바람에도 미치지 못했다. 당장 내일부터 사람이 일자로 패대기쳐지는 초강력 해풍을 맞게 되면서 몸은 만성피로에 젖어 들게 된다.

屛東
(핑둥)

sìchóngxī
恆春 → 15.95km → 四重溪

[도보 시작 : 37일 / 총 559.26km 도보]

최남단에서 북쪽으로 걷는 길. 미키가 상의도 없이 우회전 깜빡이를 켰다. 또 온천지를 찾아가자고 한다. 나는 너무나 가고 싶지 않았기에 얼굴이 붉어졌다. 가던 길목이어도 시무룩할 판에 한참을 외길로 빠져야 하니 싫은 게 당연했다. 술 좋아하는 사람, 모임 좋아하는 사람, 운동 좋아하는 사람 이렇게 각자의 기호가 있는데 내 기호에는 온천이 없다. 한술 더 뜨면 온천을 떠올리며 '가고 싶다'라는 생각 자체를 아예 하지 않는다. 여기서 내가 안 간다고 하면 미키는 혼자라도 간다고 할 게 뻔하고, 그건 절대 떠보기 식이 아니라는 것도 안다. 도착하는 날까지 여유가 보이기 시작한 마당에 내가 가지 않을 이유는 그저 싫다는 것 말고는 없었다. 결국 말다툼으로 이어졌다. 말다툼에 논리라는 게 있는가. 누가 한 톨이라도 더 토라 지나로 승부가 결정 난다. 이번에도 쌀의 겨 차이로 졌다. 무려 4번째 온천이다.

지금까지 노천탕, 야외 혼탕, 개인 욕조를 거쳐 마침내 한국과 비슷한 온천을 찾았다. 우리가 찾아왔다는 것은 당연히 무료임을 의미한다. 온천은 젊은 사람 하나 없어 입장할 때부터 시선이 부담스럽더니 한 아저씨가 "일본인이다!"라고 외친 후부터는 열댓 명의 시선이 쏠렸다. 가방을 내리고 속옷을 벗는 단계까지 너무들 뚫어지게 쳐다봐 손이 본능적으로 가운데로 갔다. 탕에 들어가서는 쏟아지는 질문 공세에 우선 국적부터 정정했다. 일본어로 일본인이 아니라고 설명했다. 여기 온천은 다른 곳들의 온천들과

MAP : N22.094383, E120.747782

는 다른, 특이한 광경이 있었다. 다들 입욕 중에 흘러나오는 온천수를 받아 먹는 모습이었다. 나도 등 떠밀려 마셔본 결과, 온천수는 몸에 양보하는 게 바람직하다는 생각이 들었다.

온천을 나와서는 또 온천이라는 글이 적힌 곳으로 갔다. 문패에 '온천'이 적힌 초등학교였다. 이곳에 야영 허락을 받고 바로 물을 쓸 수 있는 수돗가에 텐트를 쳤다. 온천 학교는 그 이름에 걸맞게 수돗물이 미끈거렸고, 바닥은 구들장처럼 따뜻했다. 굳이 온천이 아니었더라도 여기까지 피신해 온 건 적절했다. 무시무시한 해풍으로부터 말이다. 서쪽에서 만난 바람에 비하면 동쪽의 장대비는 양반이었다. 해안가에서 바람에 들어 메치기를 당하는 행인을 목격하고 나니 더욱 확연히 알 수 있었다.

한창 배고플 때 들린 도교 사원에서 근방에 식당이 없다며 가스 불을 올렸다. 잠시 후 계란국 한 솥과 4인분은 족히 돼 보이는 물만두가 차려졌다. 2명을 위한 양이라고는 예측할 수 없는 양이었다. 우리는 이걸 국물 한 방울 남기지 않고 깡그리 비웠다. 사람들의 놀란 표정에 머쓱하게 배를 문질렀다.

屏東

(핑둥)

四重溪 → 18.11km → 楓港(fēnggǎng)

[도보 시작 : 38일 / 총 577.37km 도보]

무료 온천이 문을 여는 새벽 5시부터 또 온천에 들어갔다. 어제의 발품에 대한 본전을 뽑기 위해서다. 귀중품을 제외한 짐은 온천 밖에 두었어도 모든 게 제자리에 있었다. 어지간히 의심 많은 우리가 무척이나 안심했나 보다. 온천에서 나오자 인근의 어르신들이 다과를 즐기고 있었다. 탕에서 유독 내 아랫도리를 쳐다보던 어르신이 손짓하며 두 자리를 마련해주셨다. 우리는 선심을 마다하지 않고 다과를 상당히 많이 먹었다. 맨입으로 먹을 수는 없어 무반주 가라오케를 하는 아저씨 장단에 맞춰 신나게 손뼉을 쳐드렸다.

학교 측으로부터 야영 허락을 받고, 처음으로 야영 동지를 만났다. 직

같이 다과를 즐긴 아저씨가 차를 멈춰 세우고 원주민 가수 CD와 지역 명물 꿀차를 주었다. 꿀차는 전날 사려다가 비쌀 거라 예상하여 지나쳤던 것이어서 더욱더 고마운 선물이었다.[구호물자 수령 횟수 22회]

다과로 배를 불리었어도 혹여 식당이 없을 것을 대비해 조찬 식당에 들렀다. 요즘 주식이 된 꽃빵을 포장하기 위해서다. 말 한마디 나누지 않은 주인은 지갑을 꺼내기도 전에 돈을 거절했다. [구호물자 수령 횟수 23회]

꽃빵을 들고 걷는 도중, 오토바이가 따라와 음료와 바나나를 건네고는 터프하게 사라졌다. 서쪽은 인심이 삭막할 거라는 예상과 달리 이날만 3번 구호물자를 받았다. 애당초 한 나라에서 동서의 인심이 다를 리가 없던 거였다. [구호물자 수령 횟수 24회]

접 제작한 자전거로 하루 100km를 이동하는 중국인 교수였다. 역시 대륙에서 와서 그런지 규모가 남달랐다. 내 눈에 비친 그의 장비들은 다소 열악하거나 무거워 보였다. 그런데도 그는 자신의 장비들을 칭찬하며 만족스러워했다. 그에 반해 나는 일단 비싼 장비, 이름 있는 껍데기부터 갖추려는 성향이 있다. 그로 인해 종종 소득수준에 맞지 않은 소비를 해버리거나 체력의 한계를 장비 탓으로 돌리기도 한다. 자연 현상에 무너지는 정신력 역시 좋은 장비들만 있다면 무너지지 않을 거라는 믿음이 있다. 나 자신은 지적받아 마땅한 성향이라 생각한다. 그래서인지 아주 뜨끔했다.

가까이에 이웃이 생긴 것은 반가웠으나, 가스 배출이 자유롭지 못했다. 혹여 이웃에게 피해를 끼칠까 봐서였다. 반면, 이웃집에서는 뭐가 자꾸 새어 나오는 느낌이었다. 역시 대륙에서 와서 그런지 규모가 보기 드문 누출이었다.

屏東

(핑둥)

楓港 → 11.31km → 枋山 (fāngshān)

[도보 시작 : 39일 / 총 588.68km 도보]

전날 밤 전혀 씻지 못한 한·중·일이 사이 좋게 기념사진을 남기고, 오랜 시간 걸어온 9번 국도의 끝을 지났다. 모레는 카우치서핑이 확정됐다. 장소는 오늘 낮이라도 도착할 수 있는 거리지만, 거리를 계산하는 데 실패했기에 길에서 이틀을 벌어야 한다. 그리하여 오늘은 10km 남짓만 걷기로 했다.

해안가에는 예쁜 카페들이 늘어서 있었다. 목이라도 축여보는 여유를 가지고 싶었으나, 명당의 자릿세를 감당할 수 없어 그냥 지나쳐야 했다. 목적지에 도착해서 찾은 학교는 문이 닫혀 있었다. 경찰서의 서장님께 야영지를 묻자 근처에 마땅한 장소가 없다며 주차장 한쪽을 내주었다. 서장님

은 실내를 내어주지 못하여 미안해했는데, 우리 입장에서는 실내가 아닌 게 더 고마웠다. 서 내에서 자는 것은 눈치가 보일 것 같아서다. 끝과 끝이 한눈에 들어오는 작은 마을을 둘러보고 할 일이 없어 낮잠을 청했다. 일찍 도착한 탓인지 자고 또 자도 밖은 여전히 한낮이었다. 중간에 서장님의 초대로 차도 마시고, 이틀 만에 샤워도 했다. 이제는 경찰서가 얼마나 안락한지 앉은 자리에서 수갑 찬 사람이 보이는데도 우리는 한동안 휴식을 취했다. 다시 텐트로 돌아가 멍하니 면봉 질을 하던 중, 아까부터 행사를 준비 중인 천막으로 눈길이 갔다. 규모는 작았어도 현장 인원으로는 힘에 부쳐 보였다. 마침 휴식도 취했고, 할 일도 없었기에 작은 도움이라도 되고자 잡일을 자처했다.

천막은 결혼식 전야제와 본식을 위한 장소였다. 주방 이모님께서 처음에는 포장 봉지를 두 장 겹치는 단순 작업을 부탁하더니 점점 노동의 강도를 올려 나갔다. 내 키만큼 쌓인 하객 의자를 분리 배치하고, 식탁 준비를 도우면서 우리는 여러 번 후회 섞인 눈빛을 교환했다. 작은 도움이 일용직 수준으로 바뀌고 있었다. 그래도 이런 경험 자체가 신선하니 즐겁게 임했다. 또한, 행사장에서 제공한 도시락은 우리가 고를 리 없던 고급형이어서 얼마나 맛있게 먹었는지 모른다. 오늘 행사는 마을 사람들에게 저녁 식사를 제공하는 것으로 끝났다. 본식 전날의 풍습이라고 한다. 한국과 일본에는 없는 풍습이라 그런지 이 또한 신선했다. 가장 인상 깊었던 건 식사 중인

사람들이었다. 계속되는 강풍에 그릇이 날아가고 입 밖에 매달린 당면이 뺨에 붙어도 아무도 개의치 않았다. 자연현상을 거스르지 않는 건지 아니면 다들 태생적으로 낙천적인 건지 알 수 없었지만 저 불편들을 어떻게 감수하나 싶었다.

눈짓 읽어가며 하던 일이 마무리에 접어들고, 산더미처럼 쌓인 설거지도 끝냈다. 누구도 부탁하지 않은 일을 우리는 불이 꺼질 때까지 남아서 했다. 이것이 이 나라에서 받은 온정을 갚는 방법의 하나라고 생각했기 때문에 더욱 땀 흘려 일했다. 일면식도 없는 대만인이 우리에게 도움을 준 것처럼 우리도 누군가에게 도움을 줄 수 있는 존재가 되고 싶었다.

세상에 이토록 바람직한 선순환이 어디 있을까?

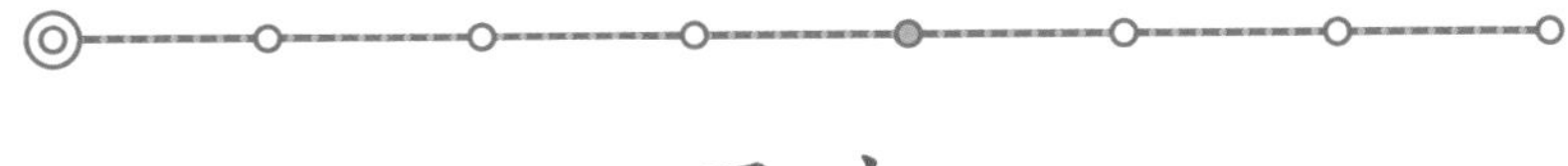

屏東

(핑둥)

枋山 → 9.07km → 加祿 jiālù

[도보 시작 : 40일 / 총 597.75km 도보]

전야제에 이어 본식이 열리는 날. 이곳에 남아 있으면 처음으로 대만 결혼식을 볼 기회가 생기지만, 어제의 흐름으로는 주방에 배치될 가능성이 높다. 이걸 피하고 싶어서가 아니라 지금은 본연으로 돌아가야 현재의 목적을 잃지 않고, 노동 역시 좋은 추억으로 남길 수 있다. 어제 먹다 남긴 음식으로 아침부터 폭식하고 길을 나섰다. 오늘은 고작 9km만 걷는다. 전 일정을 통틀어 최소 거리인 셈이다. 다시 말해 카우치서핑 수락받은 날짜와 거리 조절 실패로 오늘까지는 이렇게 때워야 한다.

편할 것만 같던 9km로도 평소와 마찬가지로 피곤했다. 아무래도 짐의 무게가 있다 보니 그런 것 같다. 목적지에 도착하여 학교에 야영 허락을 받았다. 일찍 잠들고 싶은데, 텐트를 뚫고 들어오는 망고나무 냄새에 잠을 이루기 힘들었다. 대만 남서쪽에서 흔하게 보는 망고나무는 향긋한 열매와 달리 나무 냄새가 상당히 거슬렸다. 마치 야자수에 표백제가 섞인 냄새 같았다. 스쳐 지나갈 땐 야자수로 착각하게 되지만, 계속 맡다 보면 화학적인 향이 점점 진하게 느껴진다. 차라리 스쳐 지날 땐 음식물 쓰레기로 느껴지지만, 계속 맡다 보면 군침 도는 취두부가 나을 정도였다.

屏東
(핑둥)

加祿 → 12.41km → 枋寮(fāngliáo)

[도보 시작 : 41일 / 총 610.16km 도보]

정보에 따르면 오늘 목적지 팡리아오(枋寮)는 해산물이 유명하다고 한다. 해안길 따라 어선이 많이 보이는 것으로 보아 믿음직한 정보 같았다. 저렴한 아침 식사로 예산을 조정한 다음, 팡리아오에서 해산물을 시켰다. 가격이 만만한 오징어 튀김 조금과 멸치 오믈렛이 식탁에 올라왔다. 모양새는 별것 아닌 것 같아도 입에 넣는 순간 격한 감동이 밀려왔다. 내가 무얼 먹으며 살아왔는지, 어떤 맛있는 걸 먹어봤는지 거의 기억하는 게 없을 정도로 대충 때우던 식습관이었는데 이건 충격적으로 맛있었다.

한적한 어촌을 골목골목 둘러보다가 도서관을 찾았다. 도서관은 그저 휴식 장소로 선택했을 뿐 문학적 소양을 위해서 그곳을 방문한 것은 절대 아니다. 직원들은 책을 펼치지도 않은 우리에게 과일을 주더니 잠시 후 인근 학교 이름이 적힌 야영 신청서를 가져다주었다. 벌써 수십 군데의 학교에 신세를 졌는데 야영 신청서라는 것은 처음 봤다. 배려는 고마웠으나 오늘은 카우치서핑이 잡혀 있어 신청할 필요가 없었다. 이번 카우치서핑 장소는 주소 검색이 되질 않았다. 건물에 붙은 번지수를 일일이 찾아다니는 동안 GPS가 내장된 현대식 기기들은 활약을 제대로 하지 못했다. 한참 같은 곳을 지나고, 돌아오고를 반복하다가 마침내 찾은 곳은 가정집이 아닌

영어 교습소였다. 호스트에게 교습소 한쪽에 마련된 손님방을 안내받고, 오랜만에 텐트 없이 짐을 풀었다. 이번 호스트는 많이 분주해 보였다. 수업이 밀려 있는 듯했다. 한가할 때 다시 한 번 정식 인사를 하기로 하고, 쉬는 동안 눈을 붙였다 뗐다 하는 사이에 날이 저물어버렸다. 그때까지도 호스트는 수업 중이었다. 혹시나 우리의 움직임이 거슬릴까 봐서 방 밖으로 나가지 않았다. 저녁은 가방 깊이 뭉개져 있던 식빵과 땅콩 잼으로 때웠다. 성에는 차지 않는 양이었어도 안락한 잠자리를 제공받은 것으로 대신 만족해했다.

카우치서핑 호스트들은 기본적으로 여행을 즐기는 사람들이다. 그들은 현실에 충실하면서 여행자를 돕고자 호스트가 되었지만, 현실과 동떨어진 여행자와 미묘하게 온도가 다르다. 신구 여행자라는 공통점을 제외하면 낯선 외국인들끼리라서 더욱더 그렇다. 잠깐의 인사만으로 그들 집에 머무는 것은 왠지 모르게 서먹하게 느껴진다. 내숭을 떨더라도 잘 보이고 싶은 마음이 있어 그런 것 같다. [구호물자 수령 횟수 : 25회]

屛東
(핑둥)

chāozhōu
杭寮 → 16.52km → 潮州

[도보 시작 : 42일 / 총 626.68km 도보]

오고 간 흔적 없이 떠나려 하자, 호스트가 아침 식사를 하자며 기다리고 있었다. 잘 곳을 제공받은 후의에 보답하고자 식대를 계산하려고 했었는데 도리어 평소 엄두도 못 내던 성대한 아침을 대접받고 말았다. 호스트 저스틴은 핸드폰으로 기사를 읽는 것이 익숙한 세대지만, 아침을 먹으며 한 손으로는 신문을 넘겼다. 그의 일과라고 말할 수 있는 행위가 만년 떠돌이인 나에게는 참 안정적으로 느껴졌다. 그렇다고 동경하는 마음이 있는 건 아니다. 단조로울 때는 한없이 단조로운 내 삶에 안정이 찾아오면 게으름과 무기력증이 뒤따라올 게 분명하기 때문이다. 아직은 안정과 거리를 두어야만 삶의 꾀를 다지는 데 도움이 된다.

식사를 한 후 저스틴이 기사 겸 가이드로 나서 인근 원주민 마을을 관광시켜주었다. 현지인의 도움으로 다양한 지역을 방문할 때마다 '내가 나고 자란 나라에서 이렇게 많은 곳을 가봤던가?'라는 생각을 해보게 된다. 나는 다른 나라에는 꽤 가봤지만, 한국은 잘 모르는 우물 밖 개구리다. 헤어지기 전에 저스틴이 우리가 가야 할 방향을 묻더니 지인에게 전화를 걸었다. 일주일 내로 입성할 대도시 타이난(臺南, táinán)에 거주하는 지인에게 우리의 숙박을 부탁하는 전화였다. 전혀 기대하지 않았는데 현장에서 승낙을 받았다. 고맙게도 아주 큰 걱정 하나가 덜어졌다. 다시 길을 나서기 적당한 장소에 내려준 저스틴과 헤어지고 얼마 지나지 않아 생수 2병을 구호물자로 받았다. 그다음 오토바이가 쫓아와 식량을 잔뜩 주고 갔으며, 옥수수를 파는 상인에게는 한손으로 들 수 없을 만큼 많은 바나나를 받기도 했다. 오늘도 신기하리만큼 많은 구호물자가 쏟아졌다.

최근 들어 교외구만 걷다가 오늘은 규모가 제법 큰 도시로 들어왔다. 슬슬 야영지를 찾아야 할 시간. 먼저 현재 위치에서 가장 가까운 학교로 찾아갔다. 학교는 정문 앞에 큰 주차장과 단독 경비실을 갖추고 있어 미키

[구호물자 수령 횟수 : 28회]

는 야영이 거절당할 것이라고 단언했다. 나는 오늘의 호재가 이어질 거라는 예감에 자신 있게 안으로 들어갔다. 내 또래로 보이는 선생님 2명이 마치 구면인 양 친근하게 다가왔다. 먼저 다가오는 사람이 있으면 이야기를 꺼내기가 더 쉬운 법. 야영 허락을 구하자 바로 안 될 거 뭐 있느냐며, 교재가 쌓인 사무실로 안내해 주었다. 밖은 추우니 안에서 자라는 것이다. 사무실에는 컴퓨터와 문구류가 쌓여 있었다. 이런 장소를 야영지로 승낙 받을 때마다 도대체 우리의 무얼 믿고 이런 곳을 내주는지 모르겠다는 생각이 들었다. 게다가 자유롭게 샤워실을 이용할 수 있도록 배려까지 해주었다. 이 모든 과정이 윗사람의 승인을 전혀 받지 않고, 동의 하나 없이 진행되었다. 정말 하루도 빠짐없이 인정미로 채워지는 일 투성이다. 아침은 얻어먹고, 점심은 도시락으로 저렴하게 해결했다. 두둑하게 남아 있는 바나나로 저녁을 해결하면 되므로 예산이 남았다. 그래서 평소에는 눈길도 주지 않던 팥빙수로 배를 채우고, 입가심으로 돈가스를 먹었다.

屏東
(핑둥)

潮州 → 26.65km → 屏東

[도보 시작 : 43일 / 총 653.33km 도보]

남쪽의 큰 도시 핑둥(屏東) 시내로 향하는 날. 해 뜨기 전부터 발걸음을 재촉했다. 미키의 요구로 족발 거리가 있는 완루안(萬巒, wànluán)으로 가기 위해서다. 완루안은 핑둥을 가는 길목이 아님에도 나는 반대하지 않았다. 이미 카우치서핑으로 이틀이나 잘 곳을 확보해 두었으니 30km를 걷든 40km를 걷든 상관없었기 때문이다. 걷기 시작한 지 얼마 안 되어 어떤 아주머니가 자신의 집에서 자고 갈 것을 권했다. 흔한 기회가 아니어서 주저했지만, 호스트와의 약속을 지켜야 했으므로 기회를 흘려보내야 했다.

이른 아침부터 갓 쪄 나온 족발을 먹었다. 이 시간에 먹는 족발은 아침부터 곱창전골을 먹는 듯한 익숙지 않은 느낌이었다. 족발집에서 직원들의 지

대한 관심을 뒤로하고, 핑둥으로 향하는 길목에서 어제 못지않게 구호물자가 쏟아졌다. 오토바이를 탄 여인에게 롄우와 떡을 받았고, 동네 이웃처럼 친근하게 다가와 과일을 주고 간 아주머니도 있었으며, 인도가 없는 도로에서는 신호 대기 중인 차 속의 사람이 빵을 건네고 갔다. 이제 한 달 뒤면 대만과도 정을 떼야 하는데, 은혜만 쌓여가니 닥쳐올 후유증이 두려워진다.

핑둥에 거의 다다를 즈음 편의점 의자에 놓인 아주 큰 배낭이 눈에 들어왔다. 직감적으로 보통 여행객이 아님을 알 수 있었다. 정말 오랜만에 만나는 마지막 도보 여행가였다. 우리는 바로 조금 전에 쉬었음에도 정보 교환 차 다시 휴식을 취했다. 여기까지 긴 시간을 걸어왔을 청년 도보 여행가는 청바지 차림이었으며 전체적으로 말끔했다. 지금까지 만난 도보 여행가

[구호물자 수령 횟수 : 31회]

들 중에서는 유일하게 숙박 시설을 이용했으며, 빨래도 자주 하는 것 같았다. 체력적으로 지쳤음을 호소하는 그의 배낭을 들어봤다. 한 손으로는 들 수도 없는 그의 배낭은 우리 둘의 것을 합친 만큼 무거웠다. 나라면 진작 집으로 돌아갔을 무게였다. 아직 반도 지나지 못한 그를 보면서 우리가 반 이상 왔다는 것에 얼마나 안도했는지 모른다. 물론 이 여행을 자처한 건 우리 자신이고, 전부 좋은 기억들로 채워져 있지만, 그만큼 몸이 힘들다는 뜻이다. 이방인인 우리가 현지인에게 가봐야 할 명소들을 알려주면서 각자의 남은 길을 마저 나섰다.

지금까지 만난 3명의 도보 여행가는 모두 우리와 반대 방향으로 걸었다. 훗날 생긴 자전거 일주 도로도 서쪽부터 시작되는 것으로 보아 대만 일주는 서쪽 출발이 정석이 되었지만, 우리는 다시 걷는다고 해도 동쪽을 택할 것 같다. 한적한 시작이 좋기 때문이다.

핑둥의 카우치서핑 호스트 피터가 근무하는 초등학교로 갔다. 피터는 한 무리의 학생들을 끌고 나타나더니 난데없이 나를 학생들이 하는 야구에 참여시켰다. 배트를 점프해서 휘두르고, 천천히 날아오는 공도 못 받는 저주받은 운동 신경의 이 몸은 참여를 거부했지만, 피터의 끈질긴 권유를 당해낼 수 없었다. 아니나 다를까 나는 배트를 점프해서 휘두르며, 미키의 실소를 샀다.

이번 호스트 피터는 여행을 상당히 좋아했다. 본인도 여행을 많이 다니면서, 다른 여행자의 여행기에 관심이 많았다. 도보 여행과 관련해서는 과장될 만큼 감탄사를 연발했다. 피터는 계속해서 여행기가 묻고 싶었던지

둘만의 저녁 식사를 허용하지 않고, 선생님들 식사 자리에 우리를 불러 계속 이야기를 물었다. 그리고는 그의 강력한 요청에 따라 당장 내일 학생들 앞에서 여행기를 발표하게 되었다. 큰일이었다. 학생들이 알만한 언어로 내 여행기를 소개할 방도가 없었다. 상대가 초등학생이라고 해도 많은 사람의 앞에 서는 것은 떨리는 일인데, 언어에서부터 막혀버린다. 이럴 때 도움의 눈빛으로 미키를 보면 꼭 나의 측근이 아닌 양 시치미를 뗀다. 전혀 예상치 못한 상황에서 진행하게 된 발표회. 설렘이 아닌 긴장으로 잠을 설치는 기분은 정말 오랜만에 느껴본다.

핑둥에 있는 도교 사원에서 도교식 기도와 점괘 보는 법을 배웠다. 그저 알려는 차원에서 해본 거지, 필요에 의해서가 아니었다. 나는 어려서부터 모든 종교를 불신해왔다. 성인이 되어서는 불신이 호기심으로 바뀌어 기독교, 천주교, 불교, 도교, 힌두교, 시크교, 자이나교 등등 많은 종교 시설과 종교인, 종교행사를 고생 마다치 않고 찾아다녔다. 그때마다 잦은 돈 장난을 목격하면서 결론은 언제나 '이런 걸 왜 믿지?' 에 도달했다. 어느 종교든지 기도할 때 소원을 빌라고 말한다. 나는 두 손을 맞대고 눈을 감으면 앞만 컴컴해질 뿐 아무것도 빌지 않게 된다. 아무리 간절해도 종교는 기대는 게 아니라는 생각이 의식적으로 있어서 그런 것 같다. 살면서 전 여자 친구들과 미키 외에 타인과 다툰 건 아이러니하게도 종교인들이다. 그중 한국 스님과 외국에서 만난 한국 수녀님이 가장 크게 격노했었다. 내 말투 어딘가에서 그들을 속세인 그 이상으로 보지 않는 것이 언짢게 느껴져서 그랬을 것이다. 종교란 나에게 있어 블랙홀의 원리를 이해하는 이상으로 어렵다. 종교인 전체가 신의 선한 가르침을 따르는 날이 오면 그때는 원리 따지지 않고 신앙을 가져볼 마음도 있지만, 그런 날은 오지 않으리라는 강한 확신 속에 살고 있다.

屏東
(핑둥)

[도보 시작 : 44일]

예정에도 없던 발표날. 점심시간 전에 학교 시청각실로 두 반이 모였다. 리허설도 없이 도보 여행기 발표회는 시작됐다. 통역해 줄 사람이 없어 어쭙잖은 영어로 간략한 설명을 이어나갔다. 설명은 밤잠 잘 시간을 쪼개 만든 사진 파일을 넘기며 해석을 덧붙이는 형식으로 진행했다. 학생들은 자세가 우스꽝스러운 사진이 아니면 반응하지 않았다. 그들의 관심에서 조금이라도 벗어나는 순간 그곳은 잡담으로 인해 시끄러워졌다. 피터는 몇 번이고 아이들에게 주의를 주며 발표에 흥미를 불어넣으려 했지만, 언어의 장벽은 너무나 높았다. 보다 못한 미키가 나서서 보디랭귀지로 도왔지만 역부족이었다. 눈치 하나만큼은 빠른 나는 수습이 불가능해지기 전에 급하게 마무리를 했다. 그렇게 시청각실을 나설 때 단 두 명만이 갈채를 보내왔다. 한 명은 피터, 또 다른 한 명은 전날 저녁을 함께한 다른 반 선생님이다. 짧지만 강렬했던 경험. 이날 입은 정신적 타격은 숙소 없이 이틀 치를 걸은 것보다 컸다.

발표회가 끝나고 피터네 반 학생들과 급식을 함께 했다. 아이들은 자기 자리에 앉지 않고, 우리 앞에 진을 치고 앉았다. 마이크를 잡을 때는 딴청 부리더니, 젓가락을 잡자 시선 둘 곳 없이 빤히들 쳐다봤다. 넓은 식판을 쓰는 우리네와 달리 대만은 밥과 반찬을 국그릇에 한데 담아 먹었다. 식사 후에는 자기가 먹은 것을 각자 깨끗이 씻어 보관했다. 이미 수차례 느끼고 있지만, 대만 아이들의 도덕적 성숙함을 보고 있노라면 나이는 무색하게만 느껴진다. 중학교만 나왔어도 평생 학교에 미련 없던 내가 대만에서 학교에 다녔으면 어땠을까 하는 상상을 종종 하고는 한다. 솔직히 말해 그들이 부럽다.

이틀 전 길에서 과일을 건네주고 간 아주머니를 우연히 들린 마트 점원으로 또 만났다. 처음 과일을 건네줄 때도 자연스럽게 다가오더니, 마트에서 마주쳤을 때도 전혀 놀라는 반응이 없었다. 미키 역시 전혀 놀라지 않았다. 아주머니를 기억하지 못했기 때문이다. 이럴 때 미키는 본인의 기억력을 '안면인식장애'로 거짓 위장한다.

屏東

(핑둥)

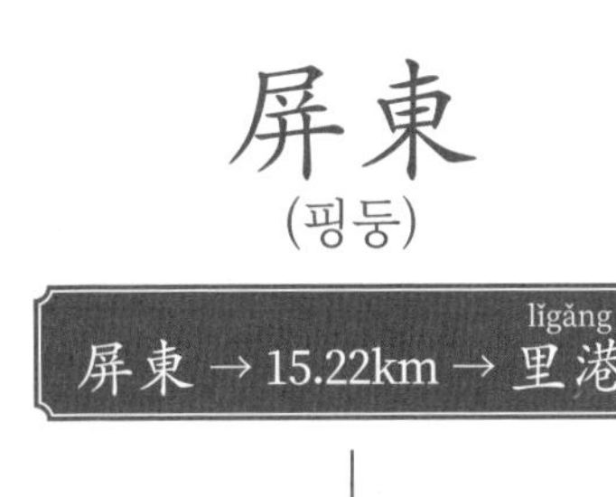

[도보 시작 : 45일 / 총 668.55km 도보]

핑둥에서의 첫날 밤은 긴장 속에서 보냈지만, 발표가 끝난 이튿날은 홀가분한 기분으로 보냈다. 삼 일째인 오늘은 동선에 대한 고민을 하며 길을 나섰다. 핑둥은 복잡한 차량과 갈림길이 있다. 도시 외곽부터는 어느 도로를 선택하느냐에 따라 여정은 완주까지 길게는 일주일 이상 연장된다. 일단은 해안가를 최대한 피하는 쪽을 선택했다.

도로를 질주하는 화물차를 피하려고 샛길로 들어섰다가 한참을 교도소 담장같이 꽉 막힌 길을 걸었다. 여기서 한 농부가 다가와 생수를 건네주었다. 이틀 이상을 쉬어도 어떨 때는 체력 회복은커녕 다시 걷는 게 배로 힘들어지는데, 이런 구호물자는 그때의 몸 상태와 상관없이 힘을 실어다

피터는 이른 아침 출근을 하고 우리는 피터 어머니의 배웅을 받으며 느긋하게 집을 나섰다. 하늘에서 잰 키만큼은 크다고 자부하는 내가 단신으로 나온 사진에 자신도 깜짝 놀랐다.

준다. 그런데도 걸은 지 10km도 안 돼 미키가 퍼져버렸다. 미키의 모습을 보자마자 나도 피로가 밀려왔다. 낮잠을 간절히 청하고 싶었다. 그러나 그곳은 모래 이불을 덮고 잘 수 있는 백사장이 아니었다. 억지로라도 걸어야 했다.

15km를 걷고 나서 오늘 동선의 가장 큰 갈림길에 봉착했다. 지도를 보고 등고선이 없는 평지로 방향을 정했다. 등고선이 있는 길은 거리야 단축되지만, 삼림에서 야영할 때에는 날씨 변화에 대처하는 것이 어렵고, 체력적인 문제도 염려되기 때문이다. 평지로 들어서자 곧 현(縣) 사이에 걸친 긴 다리가 나왔다. 당황스럽게도 도보로는 건널 수 없게 되어 있었다. 방법은 히치하이킹으로 다리만 건너거나, 다른 다리까지 한 시간 이상을 돌아

가야 하는데, 돌아간 다리도 도보로 건널 수 있을지 없을지 모르는 상황이니 후자를 선택할 리 만무했다. 더 좋은 방법은 없을까 궁리하던 중 짐이라도 내려놓고자 도교 사원에 들렀다. 사원은 보통 1층에 예배당과 휴식처가 있다. 특이하게도 이곳 사원은 2층에 예배당이 있었다. 처음 오는 사람이 편하게 방문할 수 있는 분위기는 아니었다. 그러나 여기 아니면 주변에 쉴 만한 장소가 없었다. 먼저 양해를 구하고 안으로 들어갔다. 연로한 책임자께서 반갑게 환영해주면서 과자부터 과일까지 우리 예산으로는 늘 부족하게 먹던 것들을 푸짐하게 내주었다. 그 사이 책임자의 사모님과 식구들이 귀가했다. 미키 또래의 딸은 자리를 일어서려는 우리를 붙잡고 드립 커피를 내려주었다. 매일 어떻게든 마시는 커피지만, 오랜만에 맛본 드립 커피는 염치를 떠나 절대 한 잔으로 끝낼 수 없는 맛이었다. 사모님은 우리에게 손님방을 보여주며 묵어가라고 했다. 쉬게 해준 것도 고마운데 묵고 가라니… 뜻밖의 권유에 기쁨을 감추지 못했다. 곧바로 안내받은 손님방은 둘만 사용하기에는 과분했다. 열 명은 족히 수용할 수 있는 이부자리에 그 인원이 동시에 사용할 수 있는 욕실까지 갖춰져 있었다. 우리는 짐을 풀던 도중 동시에 잠들어버렸다. 낮잠 욕구가 이렇게 강한 적도 없던 오늘, 가구점 침대에 누워보는 자세로 곯아떨어진 것이다. 땀으로 젖은 옷이 차갑게 식어 중간중간 깨었어도 침낭을 꺼낼 힘조차 없었다. 감기 기운이 스멀스멀 올라오는 걸 느끼고서야 힘겹게 일어났다. 일어난 시간은 기가 막히게도 저녁 밥 때였다. 잠자리를 제공받은 마당에 오메가3 반찬이 가득한 저녁까지 대접받고 말았다.

우리는 단순히 걷기만 할 뿐이다. 이 나라를 위해 좋은 일 하나 하지 않는다. 그런데 어째서 이렇게까지 온정의 손길을 뻗는 건지 정말 의문스럽다.

[구호물자 수령 횟수 : 32회]

저녁 식사 후 사원 가족들과 드라이브를 다녀왔다. 말이 안 통하여 어딜 가는지 몰랐어도 그냥 그들이 가는 길을 따라갔다. 인간관계가 서툰 우리에게 이들은 낯선 느낌이 전혀 없었다. 특히 미키와 사모님 사이에는 말로 형용할 수 없는 끈끈함이 느껴졌다.

gāoxióng

高雄
(가오슝)

里港 → 24.12km → 阿蓮 (ālián)

[도보 시작 : 46일 / 총 692.67km 도보]

케이크와 커피로 우아하게 맞은 아침. 배를 고상하게 채운 후 잠깐새 정든 식구들과 인사를 나눴다. 사모님은 떠나는 미키에게 방한 조끼를 선물했다. 그러면서 몸을 따뜻하게 하라는 당부도 잊지 않으셨다. 하나부터 열까지 받기만 했거늘, 우리는 그저 감사의 말과 소액의 시주로만 보답할 뿐이었다.

딸이 건너야 할 다리 건너편까지 태워 준 덕분에 히치하이킹의 수고가 덜어졌다.

미키는 차에서 내리면서 조끼를 두고 내렸다. 사모님에게는 정말 미안했지만, 옷 한 벌 늘어나는 것도 어깨에 부담이 되니 챙겨갈 수 없었다. 딸은 설명하지 않아도 우리가 마음을 거절한 게 아니라는 것을 이해해주었다.

갓길에 비상등을 켜고 선 차량 행렬이 보였다. 행렬의 끝은 입장료를 내고 직접 비닐하우스 딸기를 따갈 수 있는 체험이었다. 우리는 체험 대신 딸기 아이스크림을 사 먹기 위해 들어가 봤다. 많은 인파로 성황을 이뤄서인지 농장주의 거드름이 심했다. 딱히 문전박대를 당한 것도 아닌데, 왠지 모르게 기분이 상했고 시선도 불편해졌다. 이건 어느 나라를 가도 비슷한 것 같다. 장사가 성황을 이루면, 대부분의 장사치는 손님을 아쉬워하지 않는다. 내 기억 속에 대만을 좋게 지켜주고 싶던 나머지 여기도 대만의 한 모습임을 인정하기 싫었다. 대만을 신선계로 여기는 나의 환상도 언젠가 깨질 테지만, 아직은 최대한 좋은 기억으로 채우고 싶었다. 그래서 서둘러 자리를 떠났다.

목적지로 정해둔 마을을 앞두고 오토바이를 탄 여인이 구아바를 주고 갔다. 멘탈이 살짝 하향곡선을 그릴 때 구호물자를 받으니 곡선이 급상승

등고선을 피해 온 길도 언덕이 많았다. 오랜만에 스틱을 꺼내 걷던 중 도교 사원에서 팥죽을 얻어먹고, 자전거를 타고 지나던 행인에게는 푸른 대추 미짜오(蜜棗, mìzǎo)를 받았다. [구호물자 수령 횟수 : 33회]

했다. 구아바를 먹으며 마을에 다다랐을 때 맞은편 건물에서 사람들이 손 흔드는 게 보였다. 방금 구아바를 준 여인도 그 속에 있었다. 부름에 달려간 곳은 여인의 식구가 운영하는 미용실이었다. 반갑게 인사는 나눴는데, 대화가 거의 통하지 않자 일본어를 할 수 있는 청년이 통역하러 왔다. 자신을 '오타쿠'라 말하던 청년은 오랜만에 쓰는 일본어에 들떠 보였다. 마을 안내를 해주겠다는 오타쿠의 말에 미용실에 짐을 맡겨 두고 월세계지경공원(月世界地景公園, yuèshìjièdìjǐnggōngyuán)이라는 공원부터 찾았다. 공원은 한자 그대로 달(月)을 연상케 했다. 보는 각도가 다양했기에 다른 행성에 온 착각이 들 때도 있었다. 사전에 이곳의 존재를 몰랐던 만큼 감동은 배로 느껴졌다. 무엇이든 검색할 수 있는 시대에 이러한 여행도 참 괜찮다는 생각이 들었다. 저녁은 다 같이 절 공양으로 해결했다. 어제부터 점심을 제외한 식사가 전부 이와 비슷한 방식으로 해결됐다. 또 어제에 이어 오늘도 잠자리를 제공받았다. 미용실 친척의 신혼집이 될 새집이었다. 이 상황은 오늘 처음 만난 사람의 한 다리 건넛집에서 자는 꼴이었다. 지나온 핑둥도 도시였고, 오늘 입성한 가오슝은 타이베이에 버금가는 대도시다. 이러한 곳에서 잘 곳을 내어주니 하루 중의 가장 큰 걱정이 사라졌다. 내일부터도 당분간 잘 곳이 해결된 것이다. 조만간 텐트 치는 법을 다시 배워야 하게 생겼다.

월세계지경 공원(月世界地景公園) MAP : N22.530836, E120.2321

미용실 여인의 할아버지가 뜬금없이 미키에게 던진 한마디가 모두에게 즐거운 광경을 선사했다.

"이봐, 모모타로 불러줘."

할아버지의 일본 꼬마 같은 말투는 70년도 더 전에 배운 일본말 같았다. 일본인이 국민 동요 '모모타로'를 모르면 그건 의심할 여지 없는 간첩. 미키가 먼저 모모타로를 부르자 할아버지가 따라 부르기 시작했다. 함께 있던 모두가 신기한 표정으로 둘을 번갈아 보더니 이내 손뼉을 치며 입꼬리들이 올라갔다. 신기한 건 나도 마찬가지였다. 방금까지 말 한마디 안 나누던 두 외국인이 흘러간 옛 가요를 함께 부르는 게 쉽게 볼 수 있는 광경은 아니었기 때문이다.

미용실 식구들과 작별 인사를 나누고 친척 집에 가서도 그들은 또 인사를 하러 왔다. 교감이 언어의 장벽을 뛰어넘고 있는 이 사진은 잔상이 오래갔다. [구호물자 수령 횟수 : 34회]

táinán

臺南

(타이난)

阿蓮 → 20.03km → 臺南

[도보 시작 : 47일 / 총 712.7km 도보]

지치고 묵은 피로가 쌓이면 잘 때 좋지 않은 분비물이 배출된다. 짐도 안 들어온 깔끔한 방, 더군다나 신혼집 될 방에 우리의 진한 향기들을 남기고 떠나려니 축의금 대신 방역비를 건네야 하나 하는 생각이 들었다.

그저께는 핑둥, 어제는 가오슝에 도착했고, 오늘은 대만 5대 도시로 꼽히는 타이난에 입성하는 날이다. 타이난을 처음으로 방문하는 것인데 명성을 익히 들어서인지 상당한 친근감을 느꼈다. 먹거리와 볼거리, 그리고

미리 주문한 물건 찾아가듯 토마토 수령. [구호물자 수령 횟수 : 35회]

종교 축제 등으로 대만을 대표하기도 하는 타이난. 41일 차 카우치서핑 호스트 저스틴이 이곳 지인에게 우리를 거두어달라는 부탁을 해준 덕분에 산뜻한 마음으로 갈 수 있었다.

타이난은 외곽에 들어서자마자 교통량이 엄청났다. 8차선 도로를 가득 메운 차량 아지랑이에 매연이 섞여 공기가 메케했다. 숨 쉴 때마다 대도시로 들어왔다는 것이 절로 실감났다. 우선 저스틴이 적어준 주소지로 찾아갔다. 당연히 집이라고 생각했던 곳은 간판이 내걸린 부동산이었다. 그런데 불만 켜진 채 문이 잠겨져 있었다. 이럴 때를 대비해 연락처는 왜 안

물어봤는지 모르겠다. 생각보다 기다리는 시간이 길어져 지쳐갈 즈음에 직원이 나타났다. 직원은 이야기를 전해 들었는지 일단 직원 휴게실로 안내해주었다. 여기가 앞으로 지낼 곳인가 싶었다. 가릴 처지는 아니었지만, 환경이 좋지 않았다. 밤에야 나갈 일이 없다 하더라도, 낮에 영업장을 들락날락하는 것은 꽤 많은 민폐를 끼칠 것 같았다. 잠시 후 저스틴의 지인이 나타났다. 한눈에도 똑 부러져 보이는 인상의 여장부였다. 그녀가 업무를 보는 동안 혹여 신경 쓰이게 할까 봐 영업이 끝날 때까지

인근 도서관에서 시간을 보냈다. 문 닫을 시간에 맞춰 돌아가자 우리는 짐을 다시 챙겨 그녀가 사는 아파트로 이동해야 했다. 올려보다가 목에 담 오게 생긴 고층 아파트는 주차장에서 정문으로 이어지는 모든 시설이 으리으리했다. 긴 시간 동안 엘리베이터를 타고 그녀 집에 들어서자 타이난의 전경이 펼쳐졌다. 여기서 신랑과 두 딸을 포함한 4인 가족이 산다. 우리가 머물 방은 잘 꾸며진 호텔 같았다. 집을 가볍게 둘러 보니 이들의 생활 수준이 보통이 아님을 알 수 있었다. 구석구석 정돈된 인테리어는 고급스럽기

까지 하여 우리와 어울리지 않는 곳에 발을 들인 것 같은 기분이 들게 하였다. 차라리 공원 측에 허락을 받고 야영할까 하는 생각도 잠시 들었다. 누추한 행색이 자존감을 끌어내리니 별생각이 다 들었다. 어쨌거나 당분간은 여기서 지내게 됐다. 부동산 쪽잠에서 아파트로 승격했어도 두 장소 모두 출입이 자유로운 환경은 아니었다. 그래도 이 얼마나 복에 겨운 일인가. 역으로 지인의 부탁으로 낯선 외국인을 집에 재운다는 게 어디 쉬운 일이겠는가….

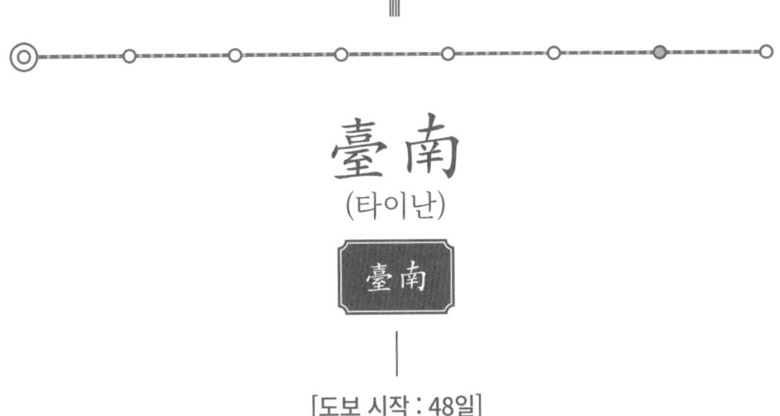

臺南

(타이난)

[도보 시작 : 48일]

출판사 편집자인 페이링이 홍보 직원과 함께 타이난을 찾아왔다. 근 두 달 만에 아는 사람과 만나는 것이었다. 타이난을 개인적으로도 자주 찾는다는 페이링은 만나자마자 식당으로 향했다. 그녀는 타이베이에서 이른 시각에 출발하는 기차로 왔다는 변명을 이어가며 아침에만 2차 해장까지 했다. 이미 아침을 먹은 우리는 음식 앞에서 소극적인 자세를 취할 때마다 꾸중을 들어야 했다. 게다가 우리 체중을 늘려 어디다 쓰려는지 남기는 건 허용하지 않았다. 이로써 아침만 4번을 먹은, 전무후무한 기록이 세워졌다. 말은 이렇게 해도 순전히 본인을 위한 식사가 아닌 정도는 눈치채고 있었다. 그래서 더 고마웠고, 비용을 분담해준 출판사에도 고마웠다.

식사 후 타이난에 사는 여행 작가가 합류했다. 나도 이들에게는 작가로 불리지만 실제 현역 작가를 만나는 것은 유명인을 만나는 것보다 더 신기했다. 지식도 배경도 없이 작가가 된 풋내기이다 보니 더 그렇게 느껴진다. 책을 만드는 사람이며, 쓰는 사람은 모두 나에게는 창조주와 동일시된다.

타이난 여행 작가의 안내로 보도블록에 파묻힌 옛 도로에 대한 설명까지 듣다 보니 금세 다리가 피곤해졌다. 우리가 피곤해한 시점은 평소 앉아서 일하는 이들과 똑같았다. '어찌 700km를 걸어온 우리와 이들이 같을 수 있단 말인가?' 지금껏 헛걸음했었다는 허탈감에 빠지려 할 때, 문득 오늘 아침부터 걸은 사실이 떠올랐다. 어제 잔 집에서 지금 장소까지 이미 2시간을 걸은 것 말이다. 그래도 이해가 가지 않았다. 저들의 피를 반드시 국과수에 보내봐야 한다.

페이링이 타이난에 온건 단순 얼굴만 보기 위해서가 아니다. 조용한 장소를 찾아 출간을 앞둔 책의 디자인에 대한 상의와 부록용 도보 여행 인터뷰를 했다. 아직 끝나지도 않은 도보 여행을 부록으로 싣자는 것은 페이링의 아이디어다. 도보 여행에 관해 이야기하자면 할 말이 정말 많았다. 먼저 하나하나 감사의 말을 전하기가 입 아플 정도로 많은 도움을 받은 이야기를 하면서 나 자신도 이건 기적에 가까운 여행이라는 생각이 들었다. 위기에 뻗친 구원의 손길이 한두 번이 아니었으니 꾸며낸 소설이라도 극적인 일 투성이였다. 물론 상반된 일화를 빼먹지 않았다. 연속으로 비를 맞아 몸이 상한 날들이며, 자다가 야밤에 쫓겨난 일화 등을 열거하면서 고된 일들은 애써 추억처럼 곱씹지 않았다. 아직 남은 400km에 대해 미리 결론을 낼 수 없었기 때문이다. 후회하지 않느냐는 페이링의 질문에 "매일 후회한다."라고 답변했다. 걷는 것만 해도 벅찬 마당에 잘 곳 걱정해야지, 무릎은 쑤셔오지, 근사한 밥도 못 사 먹지, 한국 집의 동파 걱정해야지, 귀국 후 일거리 구걸하러 다닐 것 걱정해야지 등등… 후회는 항상 깔려 있다는 의미로 말했다. 페이링은 내가 이 말을 아주 해맑게 하던 게 인상 깊었던지 훗날 발간된 책에 '매일 후회'라는 글귀를 굵직하게 새겨 놨다.

저녁까지 함께한 페이링과 헤어질 때 쓰지 않는 짐들을 맡겼다. 꼭 필요하다고 생각했던 전자사전과 여분의 옷가지, 원주민 가수 CD 등이다. 조금이라도 무게를 줄이고자 이런저런 핑계를 대가며 번거로운 부탁을 해버리고 말았다. 물건 선택의 미숙함을 알면서도 냉정하게 처분하지 못하는 자신이 한심했다.

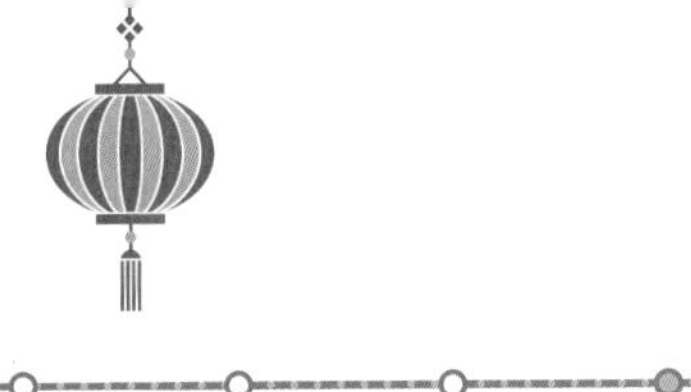

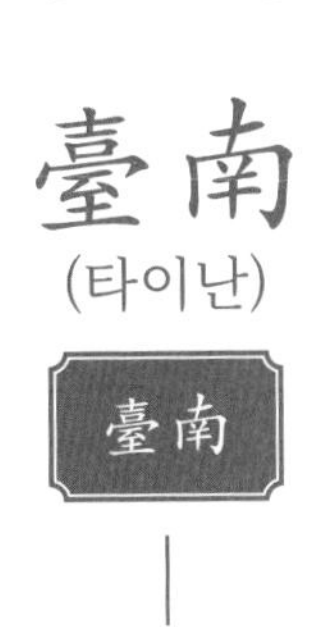

臺南
(타이난)

臺南

[도보 시작 : 49~50일]

이틀간 신세 진 아파트를 나왔다. 원하면 더 머무를 수도 있는 분위기였으나 이 정도 선이 적당하겠다 싶었다. 타이난을 아직 떠날 준비가 안 된 우리는 카우치서핑을 의뢰하여 쉽게 호스트를 구했다. 호스트의 집 쪽으로 걸어가는 길에 어제 포장해온 케밥을 꺼내 들었다. 입 가까이 대자 강렬한 쉰내가 났다. 삭혀 먹는 취두부와 달리 이건 먹으면 안 되는 음식의 냄새였다. 김이 모락모락 나는 상태로 봉지에 싸둔 게 원인 같았다. 미키는 먹기를 거부했다. 당연하면서도 의외였다. 세상 모든 유통 기한 따윈 가볍게 무시하고, 쉰내 나는 음식도 본인의 면역력으로 이겨버리겠다며 먹어치우던 미키였기 때문이다. 상한 음식과 바퀴벌레는 항상 앞장서서 해치우던 미키가 거부할 정도면 꿀꿀이죽으로도 회생 불능인 이 케밥이지만 나는 기회로 삼았다. 이 몸이 그동안 다져온 면역력의 위대함을 보여주면서 부부 간의 서열을 다시 정비할 날이 오늘인 것이다. 쉰내가 쏟아지는 코로 콧노래 흥얼거리며 케밥을 독식한 나는 살모넬라균을 이겼다는 생각에 의기양양해졌다. 그러나 그건 엄청 어리석은 착각이었음을 아는 데 오랜 시간이 걸리지 않았다.

호스트와 만나는 시간을 넉넉히 잡은 덕분에 패스트푸드점에서 시간을 보냈다. 우리 옆자리에는 어린아이를 데려온 아저씨가 앉아 있었는데, 며칠 후에 말 한마디도 나누지 않은 아저씨를 다시 만나는 일이 생긴다. 약속 시각에 호스트가 반달눈을 하고 나타났다. 40대 중반의 여성인 소피아. 카우치서핑 사진첩에 한결같이 명랑한 사진을 올린 그녀는 사진 속 모습과 실제가 완벽하게 일치했다. 그녀에게 연락한 이유는 두 가지다. 첫째는 표정, 둘째는 아는 얼굴이 사진첩에 실려 있었기 때문이었다. 안통에서 만난 프랑스인이다. 대만을 자전거로 일주 중이던 그 역시 소피아를 호스트로 만난 것이다. 소피아에게 이 사실을 이야기하자 갑자기 하이파이브를 해왔다. 힘이 한가득 실린 하이파이브였다. 그에 이어 내 귀로 정확하게 작은 환호성까지 들었다. 뭐 이런 특이한 반응이 있나 싶었다. 우리가 소피아 집에 온 날에는 마침 스페인 여인도 카우치서핑 중이었다. 남자는 나 하나에 여자 셋의 구성. 머리 길이며 몸매로 봐서는 여자로 손색없는 나는 세 여인과 네 자매가 되어 정말 잘 놀았다.

소피아는 매력이 넘쳤다. 그녀를 아는 사람은 누구나 그녀를 좋아할 수밖에 없는 친화력을 갖췄고, 자기가 사는 도시에 대한 애정이 남달랐다. 타고난 낙천가인지 외상 후 성장인지 사랑에 실패한 흑역사도 스스럼없이 이야기했다. 그녀의 영어 교실에 다니는 장애 학생을 돌보는 모습은 소피아가 아닌 흡사 마리아 같았다. 소피아가 나에게 한 말 중 시간이 흐를수록 묵직하게 다가오는 한마디가 있다. "나는 웃을 때 주름이 생기는 걸 두려워하지 않아."

상한 음식을 먹었던 해 질 녘부터 속이 메스껍더니 올 것이 왔다. 설사가 제트 엔진처럼 터져 나왔다. 아래가 진정되면 위로는 헛구역질이 나면서 열까지 나기 시작했다. 설상가상으로 소피아 집에는 일곱 마리의 고양이가 있었는데, 고양이 알레르기가 있는 통에 눈까지 퉁퉁 부어버렸다. 모두가 각자의 나라 요리를 만들어 피로해하는 시간에도 나는 꼼짝도 하지 못하고 누워 있었다. 소피아가 특별히 초대한 친구와 잠시 이야기를 나눈 것도, 내가 무슨 말을 했는지도 기억나지 않을 만큼 몽롱했다. 몸이 아파져

오니 사소한 것들에도 다 짜증 났다. 내일이라도 걷는 걸 다 때려치우고 타이베이로 돌아가고 싶었다. 혼자서 계속 신음하는 도중 소피아가 영어교실 학생들을 대상으로 한국어, 일본어, 스페인어 인사를 배우는 시간을 마련했다. 언제든 바지가 촉촉해질 수 있는 상황을 모두에게는 가벼운 몸살이라 거짓말한 것 때문에 나까지 포함된 것이다. 결국 누수를 방지하기 위해 모든 힘을 괄약근에 집중한 채 칠판 앞에 섰다. 시간을 단축하고자 몇 가지 인사는 반말로 알려주며 서둘러 끝냈다. 그러고는 침낭에 들어가 투탕카멘 같은 자세로 쓰러졌다. 다행히 다음 날에는 많이 호전되어 소피아의 차를 타고 타이난 외곽을 관광할 수 있었다. 소피아는 타이난 홍보 대사인 마냥 사소한 것도 놓치지 않고 설명해주었다. 수십 번은 가봤을 관광지를 자비로 입장하면서까지 설명해주었고, 사진도 많이 찍어주었다. 부업으로 가이드 일을 하는 나로서는 자원봉사자가 아니고서야 자비로 입장해가며 안내한다는 게 쉽지 않은 일임을 안다. 그래서 입장료만이라도 따로 챙겨 그녀에게 건넸다. 원래는 기름값도 주려 했다. 입장료도 마지못해 받아준 그녀를 정말 여러모로 고맙게 생각한다.

소피아의 제자가 즉석에서 그려준 미키와 나. 벌써 2달 가까이 대만에 있어서 그런지 그림 속 인물들에게서 화인(華人)의 느낌이 풍긴다.

臺南
(타이난)

臺南 → 12.78km → 安南

[도보 시작 : 51일 / 총 725.48km 도보]

5일 만에 배낭을 싸 들었다. 지금까지의 여정 중에서 최장 시간을 쉬고, 길을 나서니 새로 시작하는 기분이 어느 정도 들었다. 누적된 피로도 가시고, 몸도 회복되었으며, 설사도 완쾌되었기에 힘들이지 않고도 발이 뻗어 나갔다. 여기에는 소피아에게 얻은 에너지도 한몫하는 듯했다.

[구호물자 수령 횟수: 36회]

마을 하나를 지나려던 초입부터 구호물자를 받았다. 정확히 이 지점부터였다. 거의 매일 구호물자를 받은 것은. 새로 시작하는 기분에 구호물자까지 받으니 자신감도 붙고, 표정도 한결 더 여유로워졌다. 오늘은 내일을 위한 몸 풀기 정도로만 끝내기로 하고 일찍이 야영지를 찾았다. 오랜만에 학교 문을 두드렸다. 국빈이 방문한 것처럼 극진한 환대를 받았음은 물론, 승낙까지 받아냈다. 교무실에는 중년의 교장 선생님과 갓 사회로 나온 듯한 젊은 선생님들까지 한데 어우러져 있었는데 사이가 돈독해 보였다. 그 속에서 느껴지는 분위기가 너무 편안한 나머지 우리는 자연스레 교직원 책상들에 각자 앉아 선생님들과 농담을 나눴다. 이 모습을 우리가 아는 지인이 보았다면 모두가 원래부터 알던 사이로 생각했을 것이다. 교장 선생님은 땀도 흘리지 않은 우리가 쾌적하게 쉴 수 있도록 샤워실을 개방해주었다. 샤워를 마치고 다시 책상으로 돌아오자 넉넉한 식사 거리와 음료가 놓여 있었다. 누가 사다 준 건지는 알려줘야 고마움을 전할 텐데, 다들 얼른 먹으라는 말만 할 뿐이었다. 극진한 환대를 받은 것도 모자라 숙식까지 해결됐다. 심지어 우리가 잘 곳은 마룻바닥이 깔린 좌식 도서관이어서 텐트를 꺼낼 필요가 없었다. 이로써 오늘도 서로를 고문하는 가스 화생방 걱정 없이 잘 수 있게 되었다.

[구호물자 수령 횟수: 37회]

교직원 채팅방에 우리 이야기가 올라오자 현장에 없던 선생님이 자제분과 찾아오셨다. 두 부자는 응원의 목소리와 더불어 간식을 챙겨주었다.
[구호물자 수령 횟수 : 38회]

채팅방 글귀 마지막에 있던 "好特別的經驗啊！ (정말 특별한 경험이야!)" 는 그야말로 이쪽이 하고 싶은 말이었다.

臺南

(타이난)

sānliáowān

安南 → 24km → 三寮灣

[도보 시작 : 52일 / 총 749.48km 도보]

7시에 길을 나선 우리 뒤로 어제 뵌 선생님 두 분이 달려왔다. 말린 망고를 건네면서 건승을 빌어주는 선생님들에게 감사 말씀을 전하는 한편, 더불어 아름다움에 대한 찬사를 보냈다. 교내의 모든 웃음을 담당할 것 같은 선생님이 "네~, 나도 알아요."라며 머리를 쓸어넘겼다. 내가 말한 아름다움은 마음을 말하는 거였는데, 미모 칭찬을 꽤나 듣고 싶었나 보다. 아침부터 좋은 일 한답시고 사실을 바로 잡지는 않았다.

[구호물자 수령 횟수 : 39회]

제방처럼 솟아오른 산책로를 걷던 중 같은 방향으로 걷던 아저씨와 인사를 나눴다. 인적이라고는 없고, 시야가 뿌연 이곳에서 아저씨는 우리에게 관심을 보이더니 갓길 비닐하우스까지 동행해 달라고 부탁했다. 특별히 거부할 이유도 없거니와 유사시 무기가 되는 듬직한 우산이 있어 따라가 봤다. 비닐하우스는 푸른 대추 미짜오(蜜棗) 과수원이었다. 아저씨는 과수원 주인과 친근하게 인사를 나누고는 우리에게 미짜오를 시식하게 했다. 시식이긴 하지만 하나를 통으로 먹고 난 후 둘 다 "맛있다."고 대답했다. 말이 떨어지기 무섭게 미짜오 한 상자가 품에 안겼다. 방금 만난 아저씨가 선물이라며 준 것이다. 우리는 부족한 어휘력을 총동원하여 사양했다. 마음은 감사하나 이런 선물을 받을 만큼 친분도 없고, 가지고 다닐 수 있는 무게도 아니었기 때문이다. 그러나 아저씨는 꽤 완강하여 몇 개만 빼달라는 부탁도 받아주지 않았다. 결국 무게에 비례하는 감사 말씀을 다 전할 수 없어 마음마저 무거운 미짜오를 챙겨 들어야 했다.

[구호물자 수령 횟수 : 40회]

지금까지는 동선에 낭비가 생기는 관광지는 웬만하면 방문하지 않았다. 이변이 없는 한 완주까지 3주도 남지 않은 오늘부터는 그럴 필요가 없다. 체력적인 여유는 장담하지 못해도 체류 기간에는 확실히 여유가 생겼기 때문이다. 그래서 동선을 살짝만 틀어 근처 관광지 '소금산(七股鹽山, qīgǔyánshān)'에 들리기로 했다. 소금산에 근접했을 때 차 한 대가 멈춰 섰다. 차에서 내린 남성은 곧바로 목적지를 물었다. 소금산이라고 대답하자 그는 본인 차로 가면 무료로 들어갈 수 있다며 차에 타라고 했다. 도착을 바로 앞둔 지점이라 거부감 없이 차에 올랐다. 차에서 그는 우리를 본 적이 있다고 말했다. 장소는 타이난의 모 패스트푸드점이다. 그러고 보니 타이난에서 소피아를 기다리던 때에 우리는 패스트푸드점에 있었다. 그리 오래된 일도 아니어서 기억을 더듬어보니 얼굴이 기억났다. 우리 옆자리에 아이와 함께 앉아 있던 아저씨다. 이때는 정말 드물게 미키도 기억하고 있었다. 소금산에 도착하자 아저씨의 얼굴이 곧 입장권이었다. 상황은 잘 몰라도 이곳 관계자 아니면 도민으로 추측되는 가운데 그는 곧바로 차를 돌리려 했다. 급하게나마 감사의 표시로 미짜오 일부를 나눠주었다. 말이 원활하게 통했다면 미짜오는 산 것이 아니라 당신처럼 선심을 베풀어준 사람에게 받은 것이라고 말하고 싶었는데, 정확한 뜻을 전달하지 못한 채 손을 흔들었다.

▎소금산(七股鹽山) MAP : N23.15418, E120.10011

어제에 이어 야영지로 학교를 찾았다. 학교 측은 민가 주소를 알려주며 찾아가 보라고 했다. 찾아간 곳은 사람이 없어 폐가인지 흉가인지 잘 알 수 없었다. 굳게 내린 셔터문 옆으로 음산한 차고를 지나자 우리가 써도 된다는 침대가 보였다. 보통 쉴 장소를 보면 긴장이 풀어지게 마련인데 여기는 그렇지 않았다. 침대 사방으로 먼지가 융단처럼 깔려 있었고, 화장실은 청나라 말기부터 청소를 하지 않은 게 틀림없었다. 미키는 지금까지 이렇게 더러운 화장실은 처음 본다며 경악했다. 나 역시 마찬가지였다. 수도꼭지를 틀면 똥물이 나올 것만 같았다. 세탁기와 널린 빨랫감이 있는 것으로 보아 사람의 왕래는 분명 있었다. 그 사람에게는 이 환경이 아무렇지 않았는지는 모르겠지만 우리에게는 밥 생각이 절로 달아나는 환경이었다. 혹시나 집주인이 화장실을 마음에 들어할지 모르니 최대한으로 지금 모습을 건드리지 않도록 유의하며 궁둥이 닿을 자리만 치웠다. 잘 시간 외에는 이 곳을 떠나 있고 싶던 우리는 놀란 가슴을 진정시키려 일단 식당으로 피신했다. 들어간 곳은 조찬 식당이었다. 오후에는 식사할 수 없다는 얘기다. 식당 주인은 도로 나가려는 우리를 안으로 불러들여 앉을 자리를 마련해 주었다. 담소를 나누는 사람들 사이에 앉아 그들이 건네는 빵을 같이 뜯어 먹었다. 다들 무슨 말을 나누는지 몰라도 화기애애한 분위기였다. 우리가 도보 여행을 하고 있다는 말을 들은 식당 주인은 갑자기 웃으며 핸드폰을 뒤지기 시작했다. 그러더니 한 장의 사진을 보여주었다. 사진을 보는 순간 우리도 웃음이 터져 나왔다. 사진 속에는 여행 초반에 처음으로 만났던 도보 여행가가 지금 우리가 앉은 자리의 맞은편에 앉아 있었다. 사진 속의 그의 옆에는 홍콩에서 온 도보 여행가도 보였다. 둘 다 자신들이 도보 여행 중임을 알리는 귀여운 피켓을 들고 있었다.

우연히 들어온 식당에서 본 사진도 기억에 남지만, 무엇보다 기억에 남는 순간은 이 자리에서 인생 떡볶이를 영접한 순간이었다. 내가 한국

인인 걸 들은 식당 주인은 귀띔도 없이 떡볶이를 만들어 주었다. 참고로 떡볶이는 내가 분식 중에서 가장 좋아하는 메뉴다. 나는 한식 금단 현상이 강하지 않은 편이지만, 떡볶이는 이야기가 다르다. 귀국하면 일 순위로 떡볶이부터 찾고, 그때그때의 재정 상태를 파악하는 기준도 떡볶이를 얼마만큼 편하게 사 먹을 수 있는지다. 막차를 놓친 애연가는 택시비와 담뱃값으로 갈등한다지만 나는 택시비와 떡볶이 값으로 갈등한다. 그런 나에게 지금의 떡볶이는 이 여정을 통틀어 처음이자 마지막으로 먹는 한식이었다. 지구상에 떡볶이가 사라져도 섭섭하지 않다는 미키가 숟가락으로 퍼먹을 정도의 맛이었으니 나에게 인생 떡볶이라는 말은 과장이 아니었다. 이날 일로 나는 미키에 대한 작은 앙금이 생겼다. 바로 숟가락으로 떡볶이를 퍼먹은 일이었다. 두 번 다시 떡볶이를 모독하거나 깎아내리면 가만두지 않겠다고 마음먹었다.

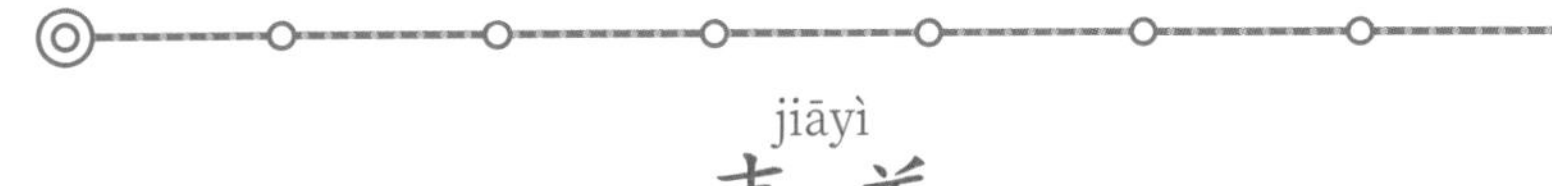

jiāyì

嘉義

(자이)

三寮灣 → 16.08km → 新塭 (xīnwēn)

[도보 시작 : 53일 / 총 765.56km 도보]

미미하게나마 매상에 기여하고 떠나기 위해 인생 떡볶이를 만들어 준 조찬 식당에 들렀다. 그러나 의도와는 달리 또 신세를 지고 말았다. 거참 은혜 갚는 것도 뜻대로 되질 않는다. 마을을 빠져나가는 길목에서 아이들이 빈 굴 껍데기에 구멍을 뚫고 있었다. 양식에 쓸 용도인가? 미키는 걸음을 멈추고 이 과정을 유심히 지켜보더니 본인도 해보겠다고 나섰다. 역시 농가의 딸이라 뿌리고 거두는 식자재에 남다른 관심을 보인다. 요즘은 알아서 내 눈치를 보기에 오랜 시간을 끌지는 않았다. 다시 길로 나서서는 내가 멈춰 섰다. 뜰에 아무렇게나 방치된 녹슨 자전거 한 대를 보는 순간, 시간은 재작년으로 돌아갔다. 마지막 워킹홀리데이를 해보려고 3개월간 뉴질랜드에 있을 때 동공에 키위 털 박혀가며 모은 돈과 갓 뜸 든 밥에 손을 데어가며 초밥 만든 돈으로 자전거를 샀었다. 뉴질랜드에서 대중교통으로는 찾아가기 어려운 지역들을 함께 누빈 자전거는 출국할 때 내 열흘 치 숙박비를 들여 일본에 가져올 정도로 정이 많이 들었다. 일본에서 경제난에 허덕이던 시기에 제값보다 좋은 값에 떠나보내야 했던 녀석과 같은 족보를 여기서 보게 되니 마냥 반가웠다. 참고로 영국에서 제작되는 이 자전거는 단 2년간 해외에 생산을 맡긴 예가 있다. 그 까다롭다는 영국이 선택한 나라가 대만이다. 눈앞 자전거는 바로 그 시기에 만들어진 보급형 모델로 굴욕적인 평가 속에서 골동품이 되어가는 중이었다. 맞은 편에 앉아 있던 할아버지에게 자전거 주인을 물어봤다. 할아버지가 본인을 가리켰다. 나는 별생각 없이 자전거를 나에게 팔 수 있는지 물었다. 사지도 않을 거면서 아이쇼핑하는 기분으로 말이다. 그런데 예상치 못한 답변이 돌아왔다. 할아버지가 자전거 상태를 보더니 가망 없다는 표정으로 그냥 가져가라고 한다. 미키는 즉시 반대했다. 누가 봐도 버려진 자전거에 지나지 않았기 때문이다. 그러고 보니 상태가 말이 아니었다. 체인이 기아에 물려 있음에도 공회전을 했고, 접는 자전거인데도 접히질 않았다. 그나마 바람이 조금 들어 있는 바퀴를 제외하고는 성한 곳이 하나도 없어 수중에 들어와도 골치였다. 어차피 도보 여행 중이니 탈 생각은 전혀 없었다. 그러나 입이 방정인지 할아버지는 책임지라는 냥 가져가라고 했다. 이때 좋은 생각이 떠올랐다. 일전에 만난 수레 도보 여행가의 홀가분한 어깨가 부러웠던 기억을 떠올리며, 자전거를 수레로 활용하면 어떨까 싶었다. 미키도 이에는 수긍했다. 나는 자전거를 한국까지 가져가겠다는 결심을 하고 약간의 돈을 건넸다. 과거 고철도 팔아 봤기 때문에 고철 이하의 터무니 없는 금액은 아니었다. 할아버지는 돈을 한사코 거절했다. 방법이 잘못되었나 싶어 두 손을 앞으로 뻗어도 보고, 몸을 90도로 숙여 합의금 내는 자세도 취해 봤지만, 끝내 받아주지 않았다. 결국 감사하다는 말만 수십 번을 하고서야 도보를 시작할 수 있었다.

자전거 안장을 이용해 가방 2개를 고정했다. 방법이 간단하지 않아 궁리에 많은 시간을 허비했다.

자전거에 가방을 싣고 걸으니 완전 신세계였다. 어깨가 가벼워지자 경치를 꼼꼼히 살펴볼 여유가 생겼다. 그렇게 잠깐 걷는데, 마음 한구석이 자꾸 불편했다. 아무래도 자전거를 그냥 가져가는 것이 내키지 않았다. 더 걸으면 할아버지가 계신 장소로 돌아가는 것을 포기해야 하는 거리에서 나는 망설였다. 일단 걸음을 내디디면 후진이 마음처럼 쉽지 않기 때문이다. 한 발 한 발 내디딜수록 갈등은 심해졌지만, 도저히 지금 기억을 후회로 간직하고 싶지 않았다. 깜빡해서 찍지 못했던 할아버지 사진도 남기고 싶었고 말이다. 결국 미키를 천천히 걷게 하고 할아버지가 있는 장소로 되돌아갔다. 아까는 보이지 않던 사모님이 계셨다. 사모님에게 손짓과 발짓을 총동원하여 자초지종을 설명한 다음, 할아버지에게 건네지 못한 돈을 건넸다. 할아버지에게서 더욱더 매몰차게 거절당했다. 뭐가 옳지 않은지는 모르겠지만 이 정도면 내 도리는 했다는 생각이 들었다. 재차 고마움을 전하고서야 홀가분한 마음으로 미키에게 돌아갔다. 빠져나가는 데 5분이면 충분한 마을인데 꽤 오래 있었다.

걷는 옆으로 차 한 대가 다가왔다. 창문이 열리면서 부부가 반갑게 인사를 건네왔다. 조수석에 앉은 여성이 말하기를 남편이 우리를 텔레비전에서 봤다고 한다. 나는 고개를 갸우뚱했다. 그러고는 다른 사람으로 착각하는 게 아니냐고 물었다. 걷는 동안 카메라를 마주한 적도 없고, 촬영 중인 곳을 지나간 기억도 없는데, 어떻게 그게 가능하냐면서 말이다. 내가 계속 부정하는데도 그때마다 여성은 계속 맞다고 주장했다. 눈앞의 당사자가 아니라는데도 믿지를 않는 걸 보니 바깥양반께서 어지간히 신뢰를 쌓았나 보다. 우리는 그들이 착각하고 있음을 확신했지만, 도촬을 당한 것으로 얼버무리고 가던 길을 마저 갔다.

도교 사원에서 만난 캐릭터. 미키는 불혹이 넘어서도 캐릭터에 생명력 불어넣는 연출을 즐긴다. 평소 나잇값을 못 하다가도 이럴 때 보면 천재 같다.

자전거가 있다고 해서 걸음이 빨라지지는 않았다. 오전부터 시간을 허비한 바람에 16km 지점에서 멈춰 섰다. 우선 학교에 야영 허락을 구하러 갔다. 학교는 운동장만 개방된 채 건물 전체가 잠겨 있었다. 감으로 봐서는 흔적 없이 떠나면 물의를 일으킬 분위기는 아니었으나 무단으로 자는 것은 찜찜했다. 학교는 잠시 보류해두고, 건너편 교회를 찾았다. 교회 역시 잠겨 있었다. 그렇다면 다시 학교다. 상황이 그러했기에 서두를 필요는 없었다. 교회 앞에 앉아 잠시 휴식을 취하는 동안 아무도 없는 줄 알았던 교회 문이 열렸다. 얼굴에 성직자라고 쓰여 있는 목사님이 걸어 나왔다. 교회는 좀처럼 자신이 없어 기어가는 목소리로 야영 허락을 구했다. 목사님은 답하지 않은 채 우리를 교회 안으로 안내했다. 그리고는 서재에서 자라고 말씀해주셨다. 마구간도 감지덕지하거늘 전기 시설이 전부 갖춰진 서재였다. 이로써 대만의 대중적인 종교 시설에서 한 번씩 다 자보게 된 셈이 됐다.

오늘도 물 건너온 두 어린 양은 주 예수의 거룩한 보살핌으로 안식을 취하였노라. 아멘.

嘉義
(자이)

新塭 → 14.42km → 過溝(guògōu)

[도보 시작 : 54일 / 총 779.98km 도보]

주 예수의 거룩한 보살핌에도 안식을 취하지 못했다. 사탄이 어찌나 용맹한 쥐 새끼를 보냈는지 밤새 텐트 머리맡에서 설쳐대는 바람에 잠을 제대로 자지 못했다. 둘만의 오전 예배를 0.5초 정도로 짧게 마치고 자전거에 짐을 실었다. 안 그래도 바퀴가 작은 자전거는 상체만 한 가방 2개가 실리자 균형이 불안해졌다. 좌우 한쪽으로 쏠리는 건 예사이고, 짐받이 아래로 가방이 말려 들어가기도 했다. 그래도 어깨로 오는 고통으로부터는 완벽히 멀어졌다. 이것만으로도 충분히 기쁜 일이었다.

아침부터 미키가 삭힌 오리알 피탄을 시켰다. 피탄은 혼자만 배를 불리겠다는 강한 의지를 나타낸다. 이것은 피탄을 싫어하는 나에 대한 도발로

도 해석할 수 있다. 기다려라. 언제든 취두부가 나타나면 나의 강한 의지를 보여주겠다.

서남쪽을 걷는 동안 여러 수산시장을 지나왔다. 오늘 본 시장은 지금까지 가본 시장들 중 가장 크고 북적였다. 시간에도 여유가 있으니 안을 들여다보기로 했다. 그런데 자전거가 문제였다. 어딘가 세워둬야 하는데, 자물쇠도 없고, 짐을 풀었다 다시 싣는 과정이 만만치가 않았다. 어깨의 자유를 얻은 대신, 다른 구속이 생겨버린 걸 이때 깨달았다. 하는 수 없이 미키 혼자 수산시장에 들어가고, 나는 볕 좋은 곳을 찾아 광합성을 했다. 떨어져 있어 봐야 잠시 동안이었지만, 그늘 한 점 없는 양지에 온몸을 바짝 말리고 있으니 힐링이 따로 없었다. 몸도 말린 김에 젖은 텐트도 말리고자 일찍이 야영 장소를 찾아 나섰다. 최근 들어 밖에 친 적도 없는 텐트는 왜 젖은 걸까? 우리가 쓰는 텐트는 경량인 대신 실내가 좁아 이슬이 맺히는 현상, 즉 결로가 심하다. 특히 내부와 바깥의 기온 차가 심한 날에는 침낭이 흥건해지는 경우도 더러 있다. 이는 경량 텐트의 숙명이기도 하다. 유명을 달리하지 않으려면 항상 마른 상태로 보관하는 게 중요하다. 이를 게을리했다가는 곰팡이가 생겨 손 쓸 수 없는 지경에 이르고 만다. 마을에 도착하자 가장 먼저 절이 눈에 들어왔다. 일단 경내로 들어가자 비구니 스님이 보였다. 미키는 의식하지 않았지만, 나는 비구니 절에 들어갈 때마다 왠지 법도를 어긴다는 느낌이 든다. 이전에도 비구니 절에서 신세를 진 적이 있으나 그땐 소개를 통해 간 것이기에 상황이 조금 달랐다. 이왕 들어온 거 부처님께 인사만 올리고 나가려 했다. 이때 비구니 스님들께서 나오셔서 우리를 보았다. 그중에는 인도네시아에서 온 상주 봉사자도 있어 생각만큼 엄숙한 분위기는 아니었다. 우려한 것과는 달리 흔쾌히 야영 허락을 해주었다. 식사 시간이 아님에도 공양부터 받고, 공양을 한 후에는 머무는 동안에 따라야 할 수칙들에 대해 배웠다. 카페인에 의존하는 것만 제외하면 평소 삶 자체가 속세인과 수도승을 오가는 터라 특별히 어려운 수칙은 없었다.

낮잠을 건너뛴 우리는 불당 앞에 정좌했다. 특유의 고요함과 낮은 채광, 은은한 향냄새가 어지러운 마음을 평온하게 했다. 다만 향의 냄새를 맡으면 어김없이 찾아오는 아랫배 신호로 길게 앉아 있지는 못했다.

오늘도 물 건너온 두 중생은 자비로운 부처님의 보살핌으로 안식을 취하였노라. 나무아미타불.

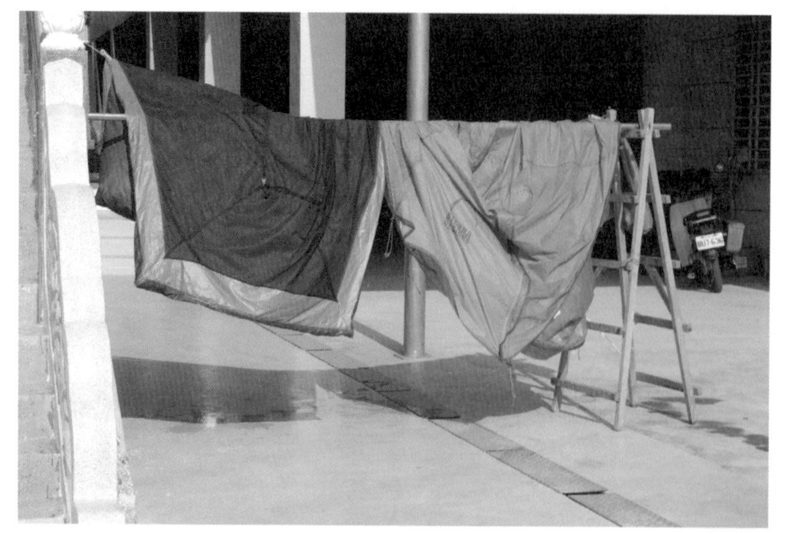

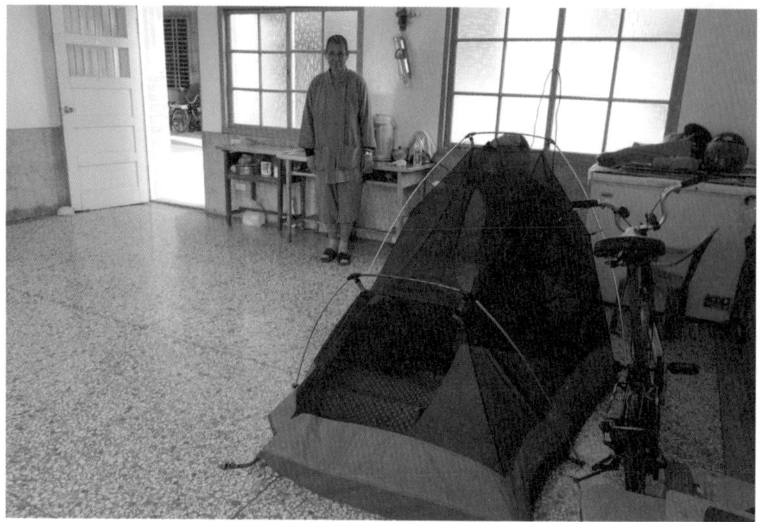

젖은 텐트 건조 중.

嘉義

(자이)

suàntóu

過溝 → 20.07km → 蒜頭

[도보 시작 : 55일 / 총 800.05km 도보]

종교 시설인 만큼 까치집을 풀어헤치고 공양실로 들어갔다. 나와 미키가 마주 앉은 옆으로 비구니 스님들이 나란히 앉으셨다. 공양 중에는 단 한마디의 대화도 허용되지 않았다. 우리는 입을 닫고 음식을 씹으며, 경건한 분위기를 해치지 않기 위해 눈도 마주치지 않았다. 분위기가 이러하다 보니 귀가 예민하게 반응했다. 평소 집중해서 들을 일 없는 여러 사람의 젓가락질 소리가 반야심경처럼 들려왔다.

떠나기에 앞서 오전 내내 탈 것 같은 긴 향을 피웠다. 시주를 마치고 절 밖을 나설 때, 가장 엄격했던 스님께서 불러세우셨다. 그리고는 또 오라는 말씀을 건네주셨다. 그 말을 듣고서야 안심하고 떠날 수 있었다. 이곳이 비구니 절이라는 걸 안 순간부터 내가 남자라는 사실이 거슬렸기 때문이다.

휴식을 하기 위해 들어간 경찰서에서 한국 여행을 앞둔 경찰관을 만났다. 그는 자신의 연락처를 알려주며 한국에서 만날 수 있기를 희망했다. 해석이 정확한지는 몰라도 그런 뉘앙스였다. 최근 다양한 매체의 영향으로 대만인의 한국에 대한 관심도가 높아졌다. 미키를 앞에 두고도 압도적으로 한국을 가고 싶다는 이야기를 많이 듣는다. 마음 같아서는 인연이 닿은 모두에게 한국을 안내해줄 수 있으면 좋으련만, 냉정히 말하자면 그럴 형편이 되지 못한다. 소득이 더 나은 나라에서 온 사람들이 대만에서도 하루 만 원을 나눠 쓰는데, 한국이라고 크게 다를 리 있겠는가. 실제 만남이 이루어진다면 최소 불고기 정도는 대접하고 싶은 게 내 마음이다. 그러나 현실은 불고기 김밥을 대접해야 가계가 흔들리지 않는다. 침낭 취침에 난민 샤워를 해야 하는 우리 집에 재우겠다는 발상은 감히 할 수도 없다. 과거 외국인 친구들을 집에서 재워보니 서로가 불편해지는 걸 느낄 수 있었다. 그래서 경찰관에게는 여행 잘하라는 말만 건네고 어쩌면 다시 만날 기회를 만들지 않았다.

학교를 지나면서 닫히는 정문으로 나오는 선생님과 인사를 나눴다. 자연스레 야영 허락을 구하자 닫힌 정문을 다시 열어주셨다. 여기까지는 순조로웠다. 한 가지 특이한 점은 다른 학교들과 달리 교장 선생님과 면담을 해야 한다는 거다. 서둘러 우리를 마중 나온 젊은 선생님을 따라 교장실로

쓸모 있는 잔재주로 굶어 죽을 걱정은 하지 않은 것만이 열악한 집에 살아도 자아도취하는 이유다. 그러나 이 자아도취를 사회에서는 아무도 알아주지 않는다. 남의 나라를 걸어서 일주 중인 미키만이 나를 높이 살 뿐이다. 이런 상황이 올 때마다 내 자아도취의 쓸모없음이 여실히 드러난다.

작은 마을에서 구멍가게만큼 흔히 보이는 미용실. 도심과 멀어진 시골에서는 보통 5천 원 미만에 머리를 자를 수 있다. 오늘 지나던 마을 미용실은 이보다 훨씬 저렴한 가격이 붙어 있었다. 가격 보고 놀란 미키가 갑자기 머리를 자르겠다고 나섰다. 나에게 머리를 맡기면서도 10년에 1번은 미용실에 간다더니, 아직 5년이나 남은 시점에 벌써 간다는 거다. 미키는 곧바로 뒷머리 길이를 정리하고, 까마귀 한 마리 분의 숱을 걷어냈다. 다른 사람이 잘라 놓은 미키 모습은 많이 어색했다. 본인도 거울을 볼수록 속상했는지, 단지 이야깃거리가 생긴 것만으로 만족하려 했다.

가기 전에, 학교 구석구석을 따라다니며 연혁을 전부 들어야 했다. 우리가 교육청의 감찰 직원도 아닌데, 이 과정들이 굳이 필요한가 싶었다. 어쨌든 이의를 제기하지 않고 얌전히 따라다니다가 마지막 관문인 교장실로 들어갔다. 젊은 선생님이 긴장하는 게 느껴졌다. 교장 선생님은 엄청난 카리스마를 뿜는 여성 지도자 같았다. 그 누구도 지시를 거역할 수 없는 기운이 우리에게까지 미쳐, 절로 두 손이 공손해지는 분위기 속에서 야영 허락을 받았다. 감사 인사를 전하고는 교내에서 가장 외진 자리에 짐을 풀었다. 텐트를 치는 동안 머릿속으로 교장실에 다녀온 상황을 추측해봤다. 그러다 대충 정리된 결론은 이렇다. 평소 교장 선생님의 성격을 아는 아래 사람들이 눈치껏 우리를 데려갔던 게 아니었는지….

경찰서에서 받은 땅콩 [구호물자 수령 횟수 : 41회]

근거는 전혀 없다. 다만 이 결론으로 조직 생활을 떠나 있는 지금 이 순간이 정말 다행스럽게 느껴졌다.

yúnlín

雲林

(윈린)

蒜頭 → 17.28km → 北港 (běigǎng)

[도보 시작 : 56일 / 총 817.33km 도보]

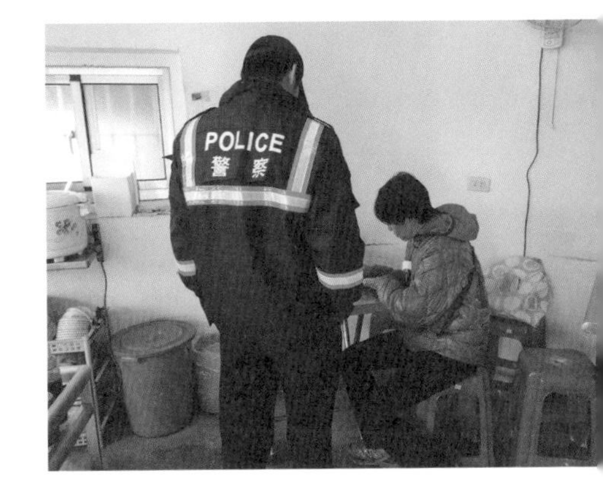

어제 구호물자를 준 경찰관들 중 한 명을 조찬 식당에서 마주쳤다. 경찰관은 뜬금없이 종이를 주며 우리를 소개하는 글과 인적 사항을 적어 달라고 했다. 지역 소식지 게재용이라고 한다. 잠깐 쉬었다 갔을 뿐인데 소식지에 실리는 것은 과장된 일이 아닌가 싶었다. 그래도 조서를 받는 게 아니니 시키는 대로 협조했다.

관광안내소에 비치된 도교 행사용 탈을 쓰고. 황금빛이 미키, 구릿빛이 나.

윈린(雲林)현을 가리키는 표지판을 지나면서 멀리로 도교 신들의 거대한 동상이 보였다. 익히 들어왔던 도교 사원지 뻬이깡(鹿港)에 입성했다. 마침 가는 날이 장날에다가 종교 행사까지 열려 활기가 넘쳤다. 규모가 큰 마을에는 예외 없이 있는 관광안내소부터 들렀다. 루깡 관광안내소에는 지금껏 본 적 없던 무료 사물함이 있었다. 안 그래도 자전거와 배낭 때문에 마을 구경을 포기할 참이었는데, 너무 잘된 일이었다.

사원을 바라보고 일직선으로 뻗은 길은 폭죽이 그물처럼 깔려 있었다. 의아한 것은 폭죽을 밟지 못하게 막는 띠도 없고, 길을 건너다녀도 제지하는 사람이 한 명도 없다는 사실이다. 사원 입장을 앞두고 멀리서 굉음이 들려왔다. 빠른 속도로 폭죽이 터져오면서 연기가 거리를 집어삼켰다. 이 상황에서 우리 빼고는 다들 안전 불감증에 걸려 있는지 태연히 길을 오갔다. 누군가 말하기를 도교 행사의 폭죽은 마치 전쟁통에 있는 것 같은 착각을 일으킨다고 했다. 그 말처럼 정신이 하나도 없어 하마터면 이산가족이 될 뻔하기도 했다. 전쟁이 끝나나 싶어 보이자 이번에는 저승이 나타났다. 높게 치솟는 연기 너머로 무서운 분장을 한 무리와 거대 마네킹을 등진 무리가 행진해왔다. 화약 냄새가 역겨워 숨쉬기 불편한데도 모두 표정 변화 없이 걷는 모습이 도저히 이승 사람들 같이 보이지 않았다. 탑처럼 쌓인 폭죽이 터지자 대미가 장식되었다. 이건 말이 폭죽이지 미사일 폭발 같았다. 하필이면 그 앞에 서 있던 바람에 일시적으로 청력을 상실하기도 했다. 온 사방으로 짙은 연기만 보이는 가운데, 흥겨운 북 장단이 가슴팍을 요동치게 했다. 사자탈이 신명 나게 재롱부리며 사람들을 끌어모았다. 흔한 볼거리가 아님에도 우리는 금세 자리를 떴다. 그리고 사원 안으로 들어갔다. 예상대로 방문객을 위한 밥이 대야로 준비되어 있었다. 사원 밖에서는 신명 나는 탈춤이, 사원 안에서는 신명 나는 젓가락질이 시작됐다.

학교 측으로부터 야영 허락을 받고, 지붕이 있으면서 볕이 잘 드는 명당에 텐트를 쳤다. 퇴근하는 선생님들께서 약속이라도 한 것처럼 간식거리

튀김가루가 된 폭죽 잔해들.

를 주고 가셨다. 매번 텐트를 나가기가 어려워 앉은 자세로 손을 내밀었다. 이 모습은 보는 이의 관점에 따라 '적선' 또는 '영적 지도자를 향한 조공'으로 비쳐졌을 것이다. 내 가라사대 천장이 낮아서 앉아 있던 거지, 절대 싹수가 없어서가 아니었다.

[구호물자 수령 횟수 : 42회]

雲林
(윈린)

fēngróng
北港 → 26.73km → 豐榮

[도보 시작 : 57일 / 총 844.06km 도보]

그러고 보니 도보 800km를 돌파했다. 한창 뜨는 스페인의 산티아고 순례길을 완주한 거리다. 대만을 걷기 7주 전에 산티아고를 다녀온 나는 그로부터 채 두 달도 되지 않은 시기에 800km를 두 번째 걷고 있다. 아직 젊어서 그런지 오늘까지 버텨준 내 다리에 대해 기특함이나 건강한 육신에 대한 감사함은 느끼지 않았다. 감사를 하자면 선심을 베풀어준 대만인들, 그리고 당연히 미키에게도 하고 싶다.

오랜만에 25km를 넘게 걷고, 학교 측으로부터 야영 허락을 받았다. 학교는 잔잔한 청소년 멜로물에서 본 운치를 띄고 있었다. 곳곳의 빛바랜 흔적들 어딘가에 학창 시절 비밀의 문이 있을 것만 같았다. 설령 그런 문이 존

첫 번째 휴식 경찰서에서 신원 미상의 여성분께 땅콩을 받았다. 타이베이에서 자전거로 3일이면 오는 여기까지 걸어왔다고 말하자 여성분은 경외를 표하더니, 그 길이 서쪽이 아니라 동쪽인 걸 알고는 경악을 표했다. 타이베이에 접근할수록 이와 같은 반응을 자주 겪는다. [구호물자 수령 횟수 : 43회]

두 번째 휴식 경찰서에서 경찰관과 커피를 마시는 미키. 경찰서 단골답게 자세가 자연스럽다.

한참을 쉰 이곳에서 찍힌 사진이 지역 소식지에 실렸다. 며칠 뒤 소식지를 기억한 사람을 우연히 만나 도시락을 선물받는 일이 생긴다.

재한다고 하더라도 나는 기웃거릴 생각이 없었다. 문 너머의 내 학창 시절을 돌이켜보면 잔혹한 청소년 폭력물이 따로 없기 때문이다. 주인공은 입학과 동시에 매일같이 오리걸음을 걷다가 대걸레가 불쌍해질 정도로 맞고 퇴학 처분을 당한다. 그리고 학교는 없어진다. 비명이 끊이지 않던 이 이야기는 전부 실화다. 참고로 비밀의 문의 실존 여부는 말할 수 없는 비밀이다.

책상을 정리하던 여선생님께서 퇴근을 미루고 드라이브를 시켜주셨다. 먼저 우리가 굶주려 보였는지 빵으로 배를 채워준 다음, 당이 듬뿍 들어간 음료를 사주었다. 받기만 하는 게 미안하여 음료는 계산하려 했지만, 선생님의 지갑 여는 속도가 더 빨랐다. 우리는 지갑을 열려면 일단 바지 속

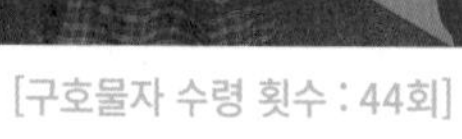

[구호물자 수령 횟수 : 44회]

에 손을 넣고 속옷 겉에 걸친 누누한 힙색부터 꺼내야 하니, 남들보다 시간이 걸릴 수밖에 없다. 녹색 가로수가 터널로 장관을 이루는 '그린 터널'에 갔다. 사전 정보 없이 들려서 그런지 알고 보는 그 어떤 장소보다 멋있었다. 석양빛에 반짝이는 잎사귀와 흐린 시야로 끝없이 줄지어 선 가로수는 안구가 건조한 내 눈에도 마저 낭만적으로 비쳐졌다. 우연히 들린 이곳을 안 보고 지나쳤으면 살짝 아쉬울 뻔했다.

기분 탓인지, 아니면 차분한 성격 탓인지 선생님은 많이 피곤해 보였다. 교단에 서는 모습이 연상되지 않을 만큼 목소리가 작았고, 표정에서는 근심이 느껴졌다. 우리가 말이 통하는 친구였다면, "무슨 일 있는 거니?"라고 말을 건네보고 싶었다. 사실 우리가 이런 말을 한다는 자체가 상대방에게는 난센스다. 일도 안 하고 긴 시간을 여행으로 보내는 성인들이 추위를 피해 도망왔다는 걸 핑계 삼고 다니는데, 어떤 말로 타인을 위로할 수 있겠는가. 그리고 나는 누구를 위로할 수도, 격려해줄 수도 없다. 속에 진심을 담아내기 전에 내가 무얼 생각하고 있었는지 잊어먹기 때문이다. 이날 선생님의 기분이 아주 좋은 상태였는데 표정이 그랬다면, 우리는 기꺼이 새 친구로 받아들일 의사가 있다.

강당 단상을 야영 장소로 허락받았다. 화장실을 갈 때마다 어두운 구석 빈 의자들에 눈이 갔다. 여러 번 사람의 인기척을 느낀 거로 보아 몸이 많이 피곤했었나 보다.

zhānghuà
彰化
(장화)

fāngyuàn
豐榮 → 23.58km → 芳苑

[도보 시작 : 58일 / 총 867.64km 도보]

어제 오후부터 바람이 심상치 않다. 뒤꿈치를 밀어주는 순풍이면 좋았겠지만, 초강력 맞바람이다. 배낭만 메고 다닐 때는 바람 저항에 차이가 없었다. 자전거를 미는 지금은 돛이었던 자전거가 닻이 되어 발목을 붙잡는다. 잠시 쉬는 동안 마주친 미키의 얼굴은 못 봐줄 만큼 가관이었다. 선글라스를 벗자 눈두덩이가 촉촉하게 불어 있었고, 바람이 정성스레 올백 머리를 빗어놨다. 그래도 나에 비하면 뭐든 나았다. 둘 다 말로는 명확하게 설명하지 못해도 이전과 다른 피로를 호소했다. 길은 정말 단순했다. 굴곡도 거의 없고, 시야도 막힘 없는 평지뿐이었다. 걷는 사람이라고는 우리 둘뿐, 그 흔한 오토바이도 다니지 않았다. 이런 구간을 바람과 사투하며 걷다 보니 정신적으로 아주 힘들었다. 만약 나 혼자만 걸었다면 눈두덩이 아래까지 촉촉하게 불었을 것이다.

행인 한 명 없는 마을에서 걸음을 멈추고 초등학교로 들어갔다. 때마침 마주친 교장 선생님께서 환영과 동시에 과학실을 야영지로 쓰게 해주셨다. 짐을 풀기 전에 응접실로 초대되어 갓 내린 커피를 대접받았다. 커피 한 잔에 힘들었던 하루를 위로받은 기분이었다. 커피 중독자들에게는 그

만큼 커피의 효력이 막강하다. 교내에는 샤워 시설이 없었다. 교장 선생님께서는 본인 집에서 샤워하라고 권하셨지만, 그 댁까지 가는 건 송구스러워 정중히 사양했다. 근래 들어 더럽게 지내는 게 익숙하다 보니 굳이 씻을 필요를 못 느끼기도 했다. 식당도 없는 마을에서 저녁 대책이 있느냐는 물음에 식량이 넉넉하다고 대답했다. 실제로 우리는 아직 다 먹지 못한 구호물자들이 더미로 있어 배곯을 걱정은 없었다. 교장 선생님을 비롯한 교직원들은 모두 퇴근하고, 어른은 우리뿐인 가운데 아이 4명이 다가왔다. 아이들은 배운 영어를 써볼 거라며 열심히 말을 걸어왔다. 대만에서 처음 느낀 거지만, 아이들과는 말이 안 통해도 어색하지 않다. 그들은 대화가 끊기면 손톱을 물어뜯거나 몸을 비비 꼬면서 정적을 견딘다. 금세 대화에 흥미를 잃은 아이들은 자기들끼리 대화를 나눴다. 우리도 장비 점검 등을 하며 각자의 일에 집중했다. 잠시 후 귀가한 줄 알았던 교장 선생님이 나타나셨다. 묵직한 비닐봉지를 우리에게 각각 건네더니 얼른 먹으라고 손짓하셨다. 소고기가 잔뜩 들어가 있는 국수였다. 교장 선생님은 우리로부터 감사인사를 받는 걸 멋쩍어하시더니 언제든 놀러 오라는 말을 남긴 채 다시 귀가하셨다. 어른 2명과 아이 4명, 그리고 국수 2인분. 둘만 먹는 것은 마음에 걸려 젓가락 하나를 아이들에게 건넸다. 아이들은 극구 괜찮다고 하면서도 시선은 국수에 머물렀다. 빈말이 아니었음에도 아무도 먹으려 하지 않았다. 우리는 이런 여행만 아니라면 식욕을 잘 참는 사람들이다. 과식할 때 나는 거지 근성으로 먹는 것이고, 미키는 남기는 게 아까워서 먹는 것이지 절대 식욕에 이성을 잃어서가 아니다. 성향이 이렇다 보니 허기지면 공격적으로 변하거나 나눌 줄 모르는 사람을 좋은 눈으로 볼 수가 없다. 아이들이 감정을 잘 표현하지 못해도, 우리만 먹는 모습을 계속 보다 보면 감정에 좋지 않은 영향을 받을 것 같았다. 다행히 젓가락질을 몇 번 하지 않았을 때 모두 자리를 떠났다. 개인적으로는 이런 말을 꼭 해주고 싶었다.

"자라나는 꿈나무들이여, 집밥 먹을 수 있는 나이일 때 실컷 먹어두렴!"

[구호물자 수령 횟수 : 45회]

彰化

(장화)

lùgǎng

芳苑 → 23.68km → 鹿港

[도보 시작 : 59일 / 총 891.32km 도보]

장화현에 있는 용산사(龍山寺)라는 도교 사원에 들렀다. 대만 도처에 있는 용산사들 중에서도 타이베이의 용산사만큼이나 유명하여 오기 전부터 익히 들었던 장소다. 타이베이에서 첫걸음을 뗀 이번 여행의 종착점을 어디로 할까 하다가 타이베이 용산사로 정했다. 지금 속도라면 앞으로 열흘 내에 도착할 수 있다. 변수가 없는 한 오늘부터는 예산 제약을 느슨하게 풀어도 된다. 근 두 달간 받은 구호물자와 미키의 스파르타식 잔소리가 낳은 쾌거다. 앞으로는 무얼 먹던 곱빼기로 먹을 수 있다. 그 전개의 화려한 포문으로 오랜만에 속이 고기로 꽉 찬 찐만두와 곱창 국수 등을 사 먹었다. 막상 먹는 것에 대한 한이 풀리자 이상하게도 신나지 않았다. 오히려 예상치 못한 죄책감만 밀려왔다. 제약이 있었기에 만날 수 있었던 인연들

lóngshānsì
▌용산사(龍山寺) MAP : N24.05048, E120.43522

여성분께서 오토바이로 뒤쫓아와 먹을거리를 한가득 주었다. 그리고는 멋있게 사라졌다.
[구호물자 수령 횟수 : 46회]

이 주마등처럼 스치면서 그들을 마주할 면목이 없어진 기분이었다. 일단은 경과를 지켜봐야겠다. 그러고도 죄책감이 든다면 속이 밀가루로 꽉 찬 찐만두로 초심을 찾아야겠다.

용산사부터 오늘 목적지인 루깡(鹿港)까지는 옛 시가지가 보존되어 있다. 시대극에 나올 것 같은 골목길과 옛 우물, 반질반질한 나무집들은 꼭 표를 끊고 들어온 유적지 같았다. 시간상 루깡에서 걸음을 멈춰야 하는데, 야영하기가 어려울 것 같은 분위기였다. 그 분위기는 곳곳에서 보이는 숙박 시설로 알 수 있었다. 당장 카우치서핑도 안 되고, 무단으로 자다가 쫓

목이 붙은 채 기합 자세로 안치된 닭들. 보통 손질된 닭이라고 하면 도리 쳐지거나 꼰다리 형태인데, 이것은 고인을 두 번 죽이는 비주얼이다.

겨나고 싶지도 않으니, 학교부터 찾아갔다. 외부인을 응대하러 나온 공익근무요원에게 야영 가능 여부를 물었다. 그는 모호한 표정을 지으면서 우리 대신 교무실로 허락받으러 갔다. 그리고 한참이 지나서야 답변이 돌아왔다. 허락도 아니고 거절도 아닌 알 수 없는 답변이었다. 우리는 거절로 받아들이고 발길을 돌리려 했다. 그러자 공익근무요원이 여기저기 눈치를 보더니 자기를 따라오라고 했다. 학교의 사각지대 같은 곳이었다. 그는 이곳에서 야영하되 해뜨기 전에 떠나 달라고 당부했다. 야영할 때는 보통 새벽부터 길을 나서므로 문제될 것이 없었다. 우려스러운 건 그의 판단이었다. 원래는 안 되는 것을 본인이 총대 메고 책임지려는 것처럼 보였기 때문이다. 우리에게는 딱히 차선책이 없었기에 염치없게도 그의 판단에 기대야만 했다.

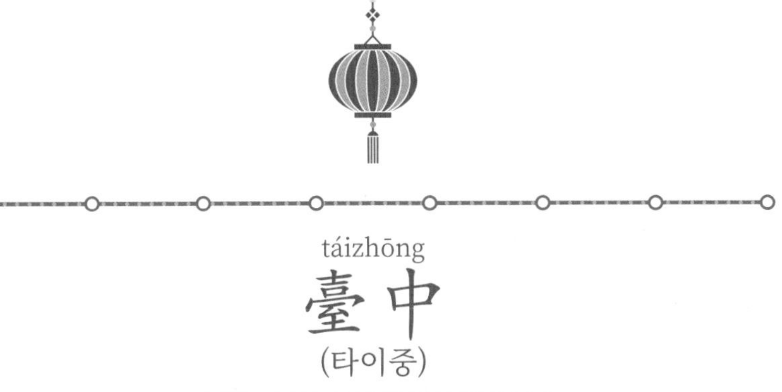

táizhōng
臺中
(타이중)

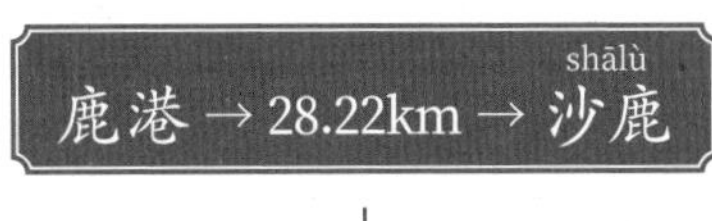

[도보 시작 : 60일 / 총 919.54km 도보]

일어나자마자 오만상부터 찌푸려진다. 몸 전체가 들것에 묶인 것처럼 뻣뻣해지면서 숙면에 방해받았을 때의 짜증이 올라왔다. 머리가 다리보다 높은 경사면에 텐트를 치고 잔 게 화근이었다. 자는 동안 무의식적으로 자세를 바꿨으면 되는데 피로가 무의식마저 잠재웠나 보다. 내가 힘들 정도면 미키는 항상 더하다. 새벽부터 서로를 자극하지 않도록 묵묵히 자리를 정리하고 온수기가 있는 도교 사원으로 이동했다. 어제 받은 구호물자 중에 온수에 풀어 먹는 보리죽이 있어 아침을 요양식으로 해결했다.

타이베이까지 남은 여정에서 마지막 대도시인 타이중(臺中)에 입성했다. 타이중은 치안이 좋지 않은 곳이다. 실제로 얼마 전에는 타이중 공항에

도교 사원에 드물게 있는 甲子太歲金辨大将軍목상. 설에 의하면 명나라 소설에 등장하는 인물로서 막 나가는 황제에게 직언을 했다가 눈을 파였다고 한다. 이후 산신령이 준 약을 눈에 넣고 그 자리에 눈 달린 팔이 자랐다고 하는데, 정작 궁금한 손의 용도는 묘사되어 있지 않다. 독특한 모습 때문에 한번 보고 지나치다가도 뒤돌아 또 보게 된다.

서 총격전이 벌어지기도 했다. 걷는 동안 해당 뉴스를 반복해서 접하면서 우리도 모르는 사이에 부정적인 편견이 자리 잡았다. 타이중은 시각적으로도 좋지 않았다. 시내를 거치지 않고 외곽으로만 걷다 보니 공업 단지와 오물 거품이 일어난 도랑길, 끝없이 이어진 송전탑만 보였다. 도로를 포함한 모든 것이 거대했다. 대만에서 흔한 산조차 보이지를 않으니 산업 황무지에 둘만 덩그러니 놓인 기분이 들었다. 이 지역은 물론 인근 지역에서도 카우치서핑은 전부 거절당했다. 그나마 한군데에서 승낙 의사를 전해왔지만 호스트가 금품 비슷한 것을 요구하여 서로 불쾌한 연락만 주고받다가 끝나버렸다. 지금까지의 호재 약발이 다했다는 예감이 들었다. 20km를 넘게 걸은 지점부터 눈에 보이는 학교에 야영 허락을 구하러 갔지만, 대부분 정문이 잠겨 있었다. 닫힌 문들은 이 도시가 우리에게 자비를 베풀지 않겠다는 의미로 느껴졌다. 그나마 열린 곳에서도 거절당하기 일쑤에 연속으로 3번 이상 거절당하자 심리적으로 위축됐다. 간절했던 4번째도 거절, 그다음 거절당한 5번째에서는 이 행위에 일격을 당하듯 야단까지 받고 나와야 했다. 거절이 거듭되자 여정 첫날이 생각났다. 그날도 오늘 못지않게 거절당하고 좌절을 맛봤다. 이런 거절도 오랜만이니 그간 사람들의 온정으로 난관을 헤쳐온 것이 얼마나 감사하게 느껴졌는지 모른다.

해가 서쪽으로 넘어가는 걸 보면서도 대책 없이 걸었다. 들개들이 흰자를 부라리며 짖어대어 손에 돌을 쥐고 다니는 마당에 바람까지 거세니 야영이 내키지 않았다. 사원들도 아득히 멀리 있어 찾아갈 엄두가 나질 않았다. 그나마 다행인 것은 남는 예산으로 숙박 시설을 이용해도 된다는 점이다. 어찌 보면 60일간 숙박비 '0원'이라는 진기록을 잘도 이어왔다. 이렇게 된 거 체력이 허락하는 데까지 타이중을 벗어나기로 했다. 마음을 편하게 가지려 노력하면서 걷다가도 학교만 보이면 눈길이 갔다. 솔직한 심정으로는 진기록이 깨지는 것과 숙박비 지출이 못내 아쉬웠다. 드라마도 이쯤에서 구원의 손길이 등장해야 짜임새 있는 연출이라 할 수 있다. 그 짜임새를 포기하지 못한 나는 노골적으로 새 등장인물들을 현장에서 섭외하면서 드라마를 현실화했다. 뾰족한 수 없이 걷던 28km 지점에서 일어난 일이다. 길 건너편의 미용실에서 젊은이 셋이 "짜요!"를 외쳐왔다. 평소 짜요를 들으면 화답하는 차원에서 손을 흔들며 지나간다. 이날도 마찬가지로 손을 흔들며 지나가다가, 그들 얼굴에 띈 미소를 보며 발걸음을 멈췄다. 마지막 기회라고 생각한 나는 미키를 세워두고 그들에게로 달려갔다. 절실한 표정으로 미용실 옆의 주차장을 가리키며 야영 허락을 구했다. 그들의 미소가 한순간에 옅어지더니 미용실에서 어른을 불러왔다. 셋은 형제였고, 자신들의 아버지를 불러온 것이다. 아버지께서 고민하는 표정으로 주차장을 살피고는 고개를 끄덕였다. 속으로 쾌재를 불렀다. 지우펀 이래 또 이런 기승전결이 있을 줄은 몰랐다.

나는 흥분을 감추지 못하고 서둘러 미키를 불러왔다. 공사장의 자재들이 널브러진 창고 주차장이 야영지임에도 미키 역시 기뻐했다. 형제와 아버지에게 말로는 이미 헹가래를 쳤을 만큼 고마움을 제대로 전달한 후 텐트를 꺼냈다. 강풍에 텐트가 날아갈 뻔했지만, 바닥을 찍고 온 멘탈로는 강풍마저 땀을 말려주는 고마운 존재로 느껴졌다. 아까의 쾌재는 지금부터가 진짜였다. 형제 중 막내가 텐트를 도로 접게 하더니 캠핑카 형태의 대피소 문을 열어주었다. 이 지역은 강풍 재해 지역이라 집에 대피소를 갖추고 있던 것이다. 내부에는 널따란 침대와 전기 시설까지 갖춰져 있어 숙박에 완벽한 조건이었다. 오늘은 집안 행사가 겹친 날인지 미용실에 대식구

훗날 이 사진을 본 미키는 자기가 울고 있었냐고 물었다.

가 모여 있었다. 저녁 식사에 초대받은 우리는 얼마나 감사한 마음으로 숟가락을 떴는지 모른다.

인복 덕분에 먹을 복을 듬뿍 받고, 며칠간 하지 못했던 샤워까지 하면서 마음을 겸허하게 가졌다. 타이중에 대한 편견을 가졌던 것에도 반성했다. 잠들기 전에 미키와 오늘 있었던 일들을 되짚어 보면서 몇 번이나 안도의 한숨을 쉬었는지 모른다.

이날의 인연으로 형제들과 안부를 전하는 친구가 되었다.

臺中
(타이중)

沙鹿 → 14.35km → 清水(qīngshuǐ)

[도보 시작 : 61일 / 총 933.89km 도보]

영정 사진이 달린 운구차와 마주쳤다. 한국과 일본에서도 운구차는 어렵지 않게 목격했지만, 영정 사진이 달린 운구차는 처음 봤다. 내 시선은 운구차가 사라질 때까지 고정됐다. 시선을 다시 정면으로 돌려 각자의 삶에 대해 고찰해봤다. 우리는 여행 중에 만나 결혼하여, 결혼 후에도 여행을 자주 다닌다. 따라서 여행은 우리 삶의 큰 부분을 차지한다. 일은 여행을 위해 한다고 해도 과언이 아니다. 생활비가 어느 정도 모이면 바로 짐을 싸서 해외로 나갔다가 계절이 바뀌고서야 귀국한다. 그때마다 완벽한 백수로 돌아오다 보니 여행 한 번에 집안이 휘청거리는 생활이 반복되었다. 남들은 돈 주고 왜 그 고생을 하느냐고 묻는다. 그러게 우리도 잘 모르겠는데, 안정적인 보금자리 없이 자란 것이 요인으로 여겨진다. 이런 삶의 지속

떠나는 이른 아침부터 가족이 모두 배웅나왔다. 또 만나자는 약속을 그 어느 때보다 굳게 다지고 훗날 그 약속을 지켜냈다.

은 정착된 삶보다 위험 노출이 잦다. 여행지에서 인명 사고 현장을 목격한 적도 있고, 누린내를 맡아가며 망자가 재가 되는 모습도 지켜봤으며, 가까운 여행자가 하늘나라로 떠나는 일도 여러 차례 겪으면서 죽음에 대한 각오를 외면하고 있지 않다. 의술이 발달하고, 첨단 장비로 사고를 예측해도, 아직 한창인 나이인데도 요절하는 사람이 수두룩한 세상이다. 나도 미키도 언제든지 그분의 부름을 받을 수 있다는 생각을 해본다.

어제의 위기를 극복하고 나니 미키의 기분이 좋아졌다. 나도 덩달아 기분이 좋았다. 하지만 몸은 반대였다. 아래 갈비뼈가 발걸음에 맞춰 쑤셔왔다. 핸들이 낮게 고정된 자전거를 밀면서 걸은 것이 누적된 통증으로 나타났다. 미키는 가방도 메지 않은 몸으로 껑충껑충 뛰어다녔다. 체력이 남아돌아 뛴 게 아니라 뛰는 순간 강풍에 몸이 뒤로 밀리는가를 실험하는 거였다. 실제로 이날 강풍은 사람을 날릴 수도 있을 것 같았다. 거대한 야자수도 뽑히지 않으려고 발악을 하는데, 사람은 오죽했겠는가. 이런 상황에서 길고 거대한 대교를 보자 몹시 심란해졌다. 양팔을 벌리고 고개를 치켜드는 즉시 천상계로 승천할 강풍이 불었기 때문이다. 걸을 체력이 남아 있음에도 안전 문제 때문에 여기서 멈추거나, 대교만 히치하이킹으로 건너는 쪽을 선택해야 했다. 판단하기에 앞서 일단 도교 사원으로 대피했다. 미키는 혼이 달아난 얼굴을 하고 있었다. 사원의 신들께 미키 혼의 행방을 묻는 접촉을 하는 동안 일몰이 코앞으로 다가왔다. 아까보다 거세진 바람 때문에 더 이상의 이동은 무모했다. 사원에 야영 허락을 구해야만 했다. 사원 직원에게 어떻게든 허락을 얻어내고자 세상 착한 얼굴로 부탁했다. 직원은 자신에게 권한이 없다며 전화기를 집어 들었다. 통화 도중에 고개 끄덕이는 모습을 보니 승낙이었다. 그것도 사원 실내로 말이다. 우리가 크게 안도하는 모습을 보이자 직원은 마치 자기 일처럼 기뻐해 주었다.

텐트를 치고 야외 세면대에서 간단히 세수만 했다. 바람의 역방향에서서 수도꼭지를 튼 미키는 물뺨 세례를 맞고 옷의 반 이상을 적셨다. 빨래

는 바람을 자연건조기로 활용해서 한 살림을 몰아서 했다. 옷을 주름 하나 없이 다려서 말려주는 바람 서비스는 아주 만족스러웠다. 식량도 확보했으니 내일 떠날 때까지는 사원에서 꼼짝도 하지 않으려고 했다. 텐트 속에 멍하니 있어도 시간은 잘도 흘러갔기에 무료하지 않았다. 배꼽 알람이 슬슬 울릴 시각에 손님 한 분이 찾아왔다. 전화로 야영을 허락해준 관계자였다. 사원 관계자치고는 꽤 젊고 일본 말도 유창했다. 그는 딱 봐도 음식물로 보이는 봉투를 건네왔다. 안에는 그간 눈으로만 맛을 상상하던 초호화 도시락 2개와 둘이서 하나 이상은 꿈도 꾸지 못하는 버블 밀크티 큰 컵 2개가 들어 있었다. 그에게서 놀라운 이야기를 들었다. 얼마 전 지역 소식지로 우리 기사를 접했다는 것이다. 실제 인물을 만나서 반갑다는 이야기를 쑥스럽게 전하던 그는 우리의 고마워 몸 둘 바를 모르는 표정을 뒤로하고 자리를 떴다. 인연이 닿으려니 이렇게도 만나게 되나 보다.

오늘까지가 어제의 편견 속에 걸던 타이중이다. 지금까지 거쳐온 지역들과 다를 게 하나 없는 친절한 타이중이었다.

[구호물자 수령 횟수 : 47회]

miáolì

苗栗

(미아오리)

清水 → 17.73km → 蕉埔 (jiāobù)

[도보 시작 : 62일 / 총 951.62km 도보]

하루아침에 잠잠하길 바랐던 강풍은 여전했다. 일단은 대교를 건너볼 생각으로 난간 앞까지 다가섰다. 인도는 없고, 다리 난관과 마지막 차선의 좁은 폭을 보며 저 길이 말로만 듣던 황천길인가 싶었다. 차들이 강풍에 차선을 이탈하지 않으려 애쓰는 모습에 걸어서 횡단하는 것은 포기했다. 차가 멈추기 좋은 장소까지 되돌아와서 히치하이킹을 시도했다. 자전거 때문인지 히치하이킹은 쉽지 않았다. 게다가 잠시도 서 있기가 힘들었다. 상점에서 차 열쇠를 쥐고 나오는 아저씨에게 태워 달라고 부탁해 봤다. 그는 우리를 위아래로 훑어보지도 않고 흔쾌히 뒷문을 열어주었다. 대교를 건너면서 본인 소개를 하는 아저씨는 자전거와 관련된 일을 한다고 말했다. 어쩐지 자전거 장갑을 끼고 운전한다 싶었다. 무사히 대교를 건너와서는 아침

으로 따끈한 국물 요리를 먹었다. 불과 며칠 전만 해도 편의점 식사 아니면 조찬 식당의 저렴한 메뉴를 주로 선택했었는데, 어제부로 더 여유가 생긴 예산 덕분에 이 정도 사치는 할 수 있게 되었다.

계속해서 강풍을 맞아오면서 이제는 넌더리가 났다. 남은 길은 등고선이 낫겠다고 판단하여 북쪽으로 직진하던 방향을 내륙으로 틀었다. 횡단보도에서 신호를 기다리던 중이었다. 아주머니 한 분이 자신의 집에서 쉬었다 가라며 다가왔다. 말 잘 듣는 아이들처럼 아주머니를 따라가자 집안 식구는 물론 그 집에서 키우는 대형견까지 우리를 보고 깜짝 놀랐다. 아주머니의 뜬금없는 행동에 식구는 인상이 굳어졌고, 개는 주인만 없었으면 이미 손가락 하나는 가져갔을 거라는 식으로 짖어댔다. 아주머니는 서둘러 간식거리를 내오셨다. 먼저 부탁하지 않아도 자고 가라는 말까지 해주셨지만, 자리가 가시방석인지라 간식 접시만 비우고 떠났다.

확실히 내륙에는 바람이 덜 불었다. 오랜만에 눈앞에 펼쳐진 산들을 보니 마음이 놓였다. 과장을 조금 보태 요 며칠간 지면에서 날아가지 않으려고 했던 고생을 생각하면 지금은 너무 행복했다. 지금까지 어떤 마을에 들어서든지 학교를 찾는 건 어렵지 않았다. 핸드폰에 저장된 오프라인 지도에도 학교만큼은 빠짐없이 표시되어 있다. 그런데 낮은 언덕을 오르내리던 중 지도에 없는 학교가 나타났다. 폐교인가 싶어 안을 들여다보자 불이 켜져 있었다. 이곳을 벗어나면 야영이 어려워질 거라는 생각에 주저앉고 안으로 들어갔다. 야영 허락을 구할 때 항상 진행하는 국적 소개가 끝나자 공익근무요원이 "ANNYUNG."이라며 인사했다. 그리고는 한국어로 승낙되었음을 알려주었다. 그의 한국어는 말끝이 전부 동사 원형으로 끝났다. 예를 들면 이런 식이었다. 우리를 각각 가리키며 "당신 당신, 여기서 자다." "샤워 필요하다. 당신 나에게 말한다." "한국말 혼자 공부하다." 미키도 "기무치 맵다."라고 말하던 시절이 있었다. 요즘은 마음에 안 드는 게 있으면 "당장 꺼져!"라고 말하고, 자신의 흉을 보는 것을 귀신 같이 알아들으니 어색해도 동사 원형으로 말하던 시절이 아주 그립다.

'미키'라는 이름은 누구나 부르기 쉽다. 반면, 내 이름은 그렇지 않다. 그래서 외국인에게 이름을 알려줄 때 성만 영문으로 따서 "파크(PARK)"라고 말한다. 그러면 대부분의 일본인은 "파쿠"라고 부르고, 대부분의 중국·대만인은 "빠끄어"라고 부른다. 공익근무요원에게도 "파크"라고 알려주자 그는 한글 영문 표기법을 알고 있었는지 "박"이라고 불렀다. 너무나 정직한 "박" 발음은 나도 못 들어줄 정도로 이상했다. 일본인인 미키가 남편 성을 따르지 않은 것은 이 때문이었던가?

수돗가와 정수기를 양쪽에 두고 지붕까지 있는 명당이 오늘의 야영지다. 능숙하게 텐트를 치고, 빨래를 양지에 널어둔 다음, 산들바람에 흔들리는 옷가지를 감상했다. 머지않아 이런 날도 종지부를 찍을 생각을 하니 절대 아쉽지 않을 거로 생각했던 마음 한구석이 허전하게 느껴졌다. 일상으로 돌아가면 꿈도 못 꿀 지금 생활을 내심 즐기고 있었는지도 모르겠다. 저녁 식사는 해결책이 없는 가운데, 공익근무요원이 오토바이 헬멧을 들고 텐트로 찾아왔다. 또 동사 원형으로 말했다. “당신 필요하다. 나 밥 사다. 가다.” 우리로서는 “필요하다”였다. 그는 곧 푸짐한 식사 거리를 사 들고 왔다. 메뉴는 일식 소고기덮밥으로 값이 꽤 나가는데도 돈을 받질 않아 억지로 돈을 쥐여주었다. 바람도 잦아들고 배도 부르자 모처럼 마음속 깊이 여유가 찾아왔다. 잠도 잘 올 것 같은 오늘 밤. 숙박의 절반을 구원받은 학교 야영은 오늘로서 마지막이었다.

苗栗
(미아오리)

蕉埔 → 24.73km → 苗栗

[도보 시작 : 63일 / 총 976.35km 도보]

상체 힘을 전부 자전거에 싣고 험준한 오르막길에 올랐다. 내가 한 시간을 밀면 미키가 10~20분을 밀고, 내리막은 대부분 미키에게 맡기면서 체력을 안배했다. 어느덧 땀이 즉시 마르지 않고 옷에 번질 정도로 내륙에 들어왔다. 마침내 지긋지긋한 바람과도 안녕이다. 목재로 유명한 마을 산이(三義 sānyì)에 들렀다. 타이통에서 만난 보니가 추천해준 이곳을 한 달여 만에 내 발로 찾았다. 산에는 멋들어진 나무 조각이 전시된 목재 박

차를 세우고 다가온 여성에게 초콜릿을 받았다. 나는 이 초콜릿을 사흘 뒤 다가올 발렌타인데이 초콜릿으로 해석했다. 기업의 상술에 넘어가지 않는 미키는 지금이나 사흘 뒤나 행동 변화가 없기 때문이다. [구호물자 수령 횟수 : 48회]

물관이 있었으나 입장료가 비싸 들어가지 못했다. 기념품도 구경해봐야 그림의 떡이니 마을에 들렀다는 사실에만 의의를 두고 금세 발길을 옮겼다.

산이 외곽으로 빠져나오자 녹나무 증류 향이 진동했다. ‘장뇌유 zhāngnǎoyóu(樟腦油)’로 불리는 이 냄새는 아주 강한 빨랫비누 향기 같았다. 크게 거슬리지도 끌리지도 않는 그런 냄새다. 장뇌유는 천연 추출물이다 보니 화학제품을 꺼리는 미키의 성향에 딱 들어맞는다. 길에는 장뇌유 공장이 듬성듬성 보이는 가운데 미키가 한마디 말도 없이 공장 안으로 들어갔다. 평소

라면 지금 행동은 다툼의 소지가 된다. 이날 따라 배려하는 척한다고 아무 말 없이 미키를 따라 들어갔다. 잘게 부순 녹나무를 대형 드럼통에 넣고 기름을 추출하는 과정은 나에게도 흥미로웠다. 그러나 그 이상의 흥미는 생기지 않았다. 손이 절로 뒷짐 지어진 상태에서 무료하게 내부를 둘러보다가 먼저 밖으로 나가는 게 낫겠다는 생각이 들었다. 이는 미키에게 빨리 나오라는 압박을 의미한다. 한 폭만 디디면 바깥인 순간이었다. 갑자기 코가 인중에 붙으면서 얼굴 전체에서 철퍼덕 소리가 났다. 그리고 유리 깨지는 소리가 났다. 열려 있다고 착각했던 유리문은 닫혀 있었고, 얼굴이 일그러지는 순간 나아가던 무릎이 유리를 깨트리고 만 것이다. 코만 띵한 마당에 다음 상황이 두려워 얼굴 전체를 싸맸다. 공장 사람들이 뛰어와 괜찮으냐고 물었다. 아무것도 모른 채 뒤늦게 온 미키에게 상황을 설명하고 변상하자고 했다. 미키가 절망하는 눈빛으로 1,000위안을 꺼내 들었다. 둘이서 3일을 지내고 4일째 아침까지 사 먹을 수 있었던 액수다. 돈을 건네고는 우리는 서둘러 유리를 치웠다. 손 베일 걱정보다 영업에 지장을 주면 안 된다는 생각에 맨손으로 유리를 주워 담았다. 공장 관리자는 우리를 말리면서 돈을 돌려주었다. 그리고는 내가 다치지 않았는지 걱정해주었다. 심지어 대만인 특유의 어투로 괜찮다며 그냥 가라고 했다. 건넨 돈도 충분한지 모르는 상황에서 돈을 돌려받을 수는 없었다. 계산대에 돈을 몰래 올려 두고, 여러 차례 고개를 숙인 후 공장을 빠져나왔다.

한마디도 하고 싶지 않을 만큼 침울했다. 코가 아픈 것도, 지출이 생긴

뿌연 안경을 끼고 다니는 것도 아닌데 유리와의 악연이 끊이지 않는다. 가장 최악의 사건은 달려가다 강화 유리문에 부딪힌 때였다. 육체를 이탈하던 의식을 붙잡으며 바닥을 데굴데굴 쓸고 다닌 고통은 발치 그 이상이었다.

것도, 미키가 동의 없이 한 행동들이 모두 마음에 안 들어 입을 열지 않았다. 미키는 계속해서 사과했다. 모든 상황을 본인의 책임으로 돌리며 기분을 풀어주려 했지만, 나는 한마디의 대꾸도 하지 않았다. 미키의 관심사보다 내 자아가 더 중요한 자신이 참 작아 보였다. 서로가 무리해서 맞춰주는 것을 애정의 척도로 보면 나는 애정이 메마른 것처럼 보이지만, 실제로는 그렇지 않다. 미키를 존중받아 마땅한 인격체로 보고 대단히 아낀다. 그러나 지금 입을 열면 인격체를 깔아뭉개는 발언을 할 게 분명했다. 미키가 답답함을 호소할 만큼 침묵을 유지하던 중, 한순간에 분위기가 전환되는 일이 발생했다. 대로 건너편의 병원 앞에서 넘어지는 환자를 발견하고서였다. 주변에 아무도 없는 걸 확인하고는 서둘러 길을 건넜다. 환자는 엎드린 자세로 몸이 펴지지 않는 노약자였다. 미키와 한쪽 팔씩 들고 휠체어에 겨우 앉혔다. 그다음 어떻게 해야 할지 몰라 허둥대고 있을 때 마침 간호사들이 달려 나왔다. 무사히 환자를 인계하고 다시 길을 걸으면서 우리는 자연스레 대화를 나누기 시작했다. 아까 일을 거론하는 것은 일단 제쳐두고 야영을 하기 위해 학교에 찾아갔다. 교무실에 있던 선생님들께서 반가운 손님이 온 것처럼 환영해주셨다. 야영은 원하는 장소 아무 데나 고르라는 말에 교무실 앞 수돗가를 택했다. 그러자 선생님 한 분께서 교무실 안에다 텐트를 치라고 하셨다. 지금까지 시청각실, 도서실, 운동장 단상에서는 자봤어도 교무실은 감히 상상도 못 해 본 장소다. 어떻게 이런 제안이 가능한 거지? 그것도 저쪽에서 먼저 말이다. 우리는 당연히 밖에서 잔다고 말했다. 이때 다른 선생님께서 더 놀라운 제안을 하셨다. 본인 집은 어떻겠느냐는 것이다. 솔깃하기는 했지만, 우리가 제안에 따르지 않자 다른 선생님들이 모두 그렇게 하라고 부추겼다. 우리는 마지못해서가 아닌 정말 달가운 마음으로 선생님 댁으로 갔다. 여러 층으로 나뉜 집은 전체를 쓰지 않는 층이 있어서 편하게 신세 지기로 했다. 잘 때까지도 오늘 있던 일은 일절 거론하지 않았다. 먀오리(苗栗)까지 왔으면 거의 다 왔다고 해도 무방하니 이제부터는 즐거운 이야기만 해도 시간이 모자라기 때문이다. 누울 공간이 그렇게 넓었음에도 우리는 꼭 붙어서 잤다.

苗栗
(미아오리)

苗栗 → 27.48km → 頭份 (tóufèn)

[도보 시작 : 64일 / 총 1,003.83km 도보]

선생님과 간단한 인사만 나누고 집을 나섰다. 어제 처음 만나 헤어질 때까지 나눈 대화 시간을 합쳐봐야 10분도 채 안 됐던 것 같다. 이 상황은 마치 돈 주고 머무는 숙박 시설과 비슷한 느낌을 주었다. 인정의 따스함은 그에 비할 바가 아니지만 말이다.

잦은 도시 출몰과 어제부로 원점이 된 예산 문제로 더 여유를 부리지 않기로 했다. 사치 아닌 사치를 부린 시간이 워낙 짧아서인지 원점으로 되돌아간 데 따른 후유증은 없었다. 걷는 속도를 높이면서 샛길로는 한눈을 팔지 않았다. 미키가 개똥을 밟았을 때는 걸음이 주춤했지만, 그 외에는 쉬지 않고 걸었다. 25km를 지난 지점에서 도교 사원을 찾아갔다. 야영 허락을 구하자 관리자는 허락 대신 마을 이장님께 전화를 걸었다. 왠지 야영이 허락될 것 같은 예감을 하고 있는데 고급 세단을 탄 이장님이 나타났다. 우리를 직접 만나고 나서 야영 허락 여부를 결정지으시려던 모양이다. 면접을 통과한 건지 이장님께서 차 문을 열어주셨다. 세단에 자전거를 싣는 게 내키지 않던 우리는 서행하는 차의 꽁무니를 빠른 걸음으로 뒤쫓았다. 잘게 꺾어지는 골목을 따라 들어간 곳은 마을 회관이었다. 이곳을 야영지로 허락받았다. 마을 회관에는 고령의 어르신 네 분이 앉아계셨다. 씁쓸한 마음으로 예상한 대로 다들 일본어가 유창했다. 어르신들은 우리가 누구인지, 왜 여기에 왔는지 궁금해하지 않으셨다. 미키는 그 틈에 자연스럽게 앉아 차를 받아 마셨다.

어르신들 대상으로 걸어온 족적 발표회. 다들 지도 외판원 보듯 싸늘한 반응을 보이셨다. 90세가 넘은 고령의 노인도 계셨는데, 어르신 세대에 대만 도보 일주는 흔한 일이었나?

소싯적 맨손으로 들짐승을 때려잡았을 것으로 추정되는 80대 어르신께서 국수 2그릇을 사다 주셨다. 쿨하게 돌아서려는 거 겨우 사진 한 장 남겼다. [구호물자 수령 횟수 : 49회]

나무젓가락 쪼개는 소리마저 울리는 휑한 마을 회관. 공간이 필요 이상으로 넓으면 누울 장소를 선정하는 데 괜한 시간이 걸린다.

눈에 보이는 풍경이라고는 정면은 산, 좌우로는 농경지밖에 없는 길을 걸었다. 구름이 해를 가려서 어렴풋이 보이는 산들은 물 한 바가지를 탄 수묵화 같았다. 살짝 잠이 덜 깬 상태로 산들을 바라봐서 그런지 아직 저 너머는 꿈속이 아닌가 싶었다. 전혀 어울리지 않은 감성에 젖은 나 자신에게 역겨움을 느낄 뻔했다

한라봉만 한 귤이 있는 과수원들을 지나면서, 조심스레 한두 개 정도는 수중에 들어올 것을 점쳐봤다. 때마침 수확이 한창이었기 때문이다. 나의 뻔뻔한 점괘는 그 이상으로 적중했다. 젊은 농부가 귤을 한 움큼 건네왔다. 그리고는 같은 사람이 트럭으로 옆을 지나면서 또 한 움큼 건네왔다.

[구호물자 수령 횟수 : 50회]

온종일 손톱 노란 물이 지워질 새가 없는 양이었다. 이렇게 많이 받기는 미안해서 몇 개는 사양했으나, 선심을 베푸는 사람의 강요는 거절하기 어려웠다.

지나는 길가마다 시래기를 말리는 광경이 눈에 띄었다. 시래기는 집 마당에서나 말린다고 생각했었는데, 여기서는 매연으로 훈제할 셈인지 도로 중앙 분리대에 끝없이 널려 있었다. 심지어 자전거 핸들, 자동차 지붕에까지 널려 있었다. 전부 아무런 깔개도 없이 말이다. 도축하는 장면을 보면 육식을 하지 못한다는 이야기는 익히 들어서 안다. 시래기가 비위생적으로 널린 걸 보니 당분간 우거지류와는 결별이다.

여러 대만인으로부터 추천받았던 빼이뿌(北埔)[bèipǔ]에 들렀다. 빼이뿌는 19세기 초반의 정취를 잘 간직한, 아기자기한 마을이다. 타이베이에서 기차로 금방 올 수 있는 거리라서 그런지 관광객이 많이 보였다. 관광객들 틈에 끼어 취재 포스터가 많이 붙어 있는 식당으로 들어갔다. 가격대가 예산과 맞질 않아 저렴한 음식들로 허기만 겨우 달랬다. 도착일까지 며칠 남지 않으면 관광객 기분을 느낄 줄 알았는데, 여기까지 와서도 그게 되질 않았다. 잘 곳 미해결, 부피 큰 짐들, 한정된 예산 등의 문제가 있으면 도무지 관광할 기분이 나지 않았다. 그나마 미키가 이런 면에서는 나보다 긍정적이라서 관광지의 겉이라도 훑지, 나 혼자였으면 고개만 돌리고 지나쳤을 것이다.

휴식차 들린 동사무소에서 시원한 차를 얻어 마셨다. 우리가 걸어서 온 이야기를 들은 직원은 서둘러 귤을 가져다주었다. 차를 얻어 마신 답례로 귤을 나눠주려 했더니 도리어 이자만 늘어버렸다. [구호물자 수령 횟수 : 51회]

빼이뿌를 지나자 타이베이까지 더는 오르막이 없을 것 같은 내리막이 나타났다. 눈앞에 당장 두 개의 마을이 보이면서 멀리 있는 마을을 목적지로 정했다. 내리막길을 걷자 머지않은 곳에 있는 도교 사원이 눈에 들어왔다. 사원 앞에 사람이 서 있는 걸 발견하고는 본능적으로 다가갔다. 이미 20km를 넘게 걸었기 때문에 야영 허락만 떨어진다면 목적지까지 가지 않아도 되는 상황이었다. 야영 허락을 구하자 상대는 수화를 하며 사원 책임자를 불러왔다. 유창한 일본말로 환영해준 책임자는 마치 방문을 알고 있었다는 듯이 예배당으로 향했다. 그리고는 욕실 딸린 방을 내주었다. 갑자기 이상한 생각이 들었다.

'내가 어떻게 본능적으로 여기를 찾아왔지? 무언가에 등을 떠밀린 건가?'

칠순이 훌쩍 넘은 책임자는 서 있는 자세부터 그 연세로 보이지 않을 만큼 건장했다. 말을 따스하게 건네는 것이 어찌나 상냥하게 들리던지 우리는 시간이 흐른 지금까지도 그의 말투를 따라 하고 있다. 큰 규모의 사원에 상주하는 인원은 책임자를 포함하여 3명뿐이었다. 몸을 깨끗이 단정하고, 휴식을 취하는 사이 저녁 식사에 초대받았다. 식탁에는 겹겹이 쌓인 계란 프라이와 마파두부, 각종 채소 볶음이 있었다. 평소에도 완벽한 음식으로 찬사를 받는 계란 프라이는 나트륨 배합이 기가 막혔다. 너무 맛있는 나머지 이성을 잃고 숟가락을 주걱질하듯 밥을 욱여넣었다. 호흡이 힘겨울 만큼 배가 부르자 아침부터 수묵화 타령하던 하루가 몽환적이고, 고요하게 느껴졌다. 트림할 때마다 역류하는 노른자 국물을 다시 삼키는 반복 행위만 없었더라면, 여정을 시작한 후 처음으로 감성에 젖을 뻔했다.

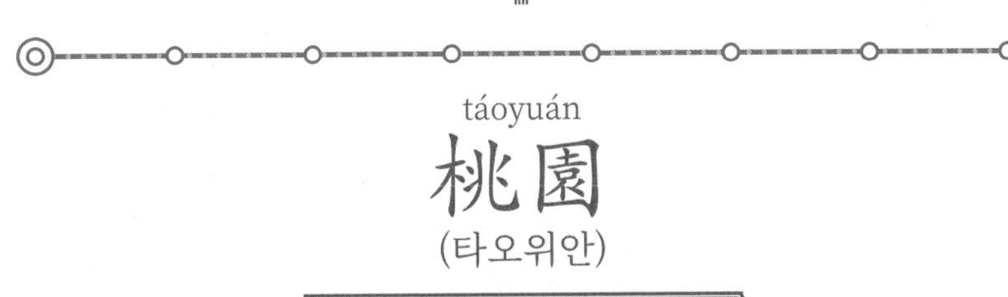

táoyuán
桃園
(타오위안)

lóngtán
竹東 → 28.22km → 龍潭

[도보 시작 : 66일 / 총 1,055.25km 도보]

어제 묵은 시설 정도라면 염치 불고하고 머리라도 한 번 더 감고 나왔을 테지만, 낯만 적셨다. 이틀 뒤면 매일 씻을 수 있는 타이베이에 도착하기 때문이다. 머리에 새똥을 맞지 않는 이상 이틀 동안 몸에 밴 체취는 우습게 버틸 만큼 끝에 다다랐다.

걷는 길들이 점점 넓어지고, 차량도 늘어났다. 몇 날 며칠을 걸어야 나오던 관광지는 하루가 멀다고 나왔다. 오늘 발견한 관광지는 연인들의 명소로 알려진 옛 기차역이었다. 마침 지나가는 길목이어서 잠깐 둘러보기로 했다. 기차역은 사방이 앙증맞은 전시물로 채워져 있었다. 얼굴에 미소가 떠나지 않는 연인들을 보면서도, 역 표지판으로 걸린 「전역 '애정' 다음

역 '행복'」을 보면서도 나는 단 한 번도 미소를 지을 수 없었다. 머릿속은 온통 '어디서 자야 하나?' 하는 걱정뿐이었다. 우울하고, 분노 조절이 안 돼도 카메라 앞에서는 잘 감추는 나이지만, 여기서 찍은 사진은 전체가 근심 어린 표정으로 나왔다. 이제서야 뒤늦게 깨달음을 얻었다. 몸과 마음을 속박하는 것이 닥쳐오면, 완주까지 며칠이 남았는지는 긍정적인 영향을 주지 못한다는 것을 말이다.

국제공항이 있는 타오위안(桃園)현에 입성했다. 타오위안의 깊숙한 곳에 들어가기 전에 야영지를 찾지 않으면 호된 저녁이 될 것 같았다. 대만을 한 바퀴 돌아 시작점을 만날 때가 되니 어느덧 야영 예지력이 생겼다. 질주하는 화물차들을 피해 들어간 골목에서 학교를 발견했다. 예지력을 발휘

했다. 보아하니 야영이 가능한 분위기였다. 자신 있게 학교에 야영 허락을 구했다. 타이중에 이어 두 번째로 야단을 맞고, 터무니없다는 말을 듣고 거절당했다. 침울하게 정문을 벗어나는 우리에게 선생님 한 분이 시내까지 태워준다고 했다. 이를 사양하자 의아하다는 시선으로 쳐다봤다. 의아한 행동을 하고 있는 게 맞으니 시선이 불편해도 신경 쓰지 않았다. 검증되지 않은 예지력의 고배를 마시고, 넓은 잔디밭을 걸으며 야영지를 두리번거렸다. 그러다 잔디밭이 끝나는 지점에서 두 번째 예지력을 번뜩이게 하는 집을 발견했다. 마당이 개방되어 있고 티벳 *타르쵸(불교 경전이 새겨진 5색 깃발로 주로 티벳 불교에서 많이 사용된다.)가 걸려 있는 집이었다. 나는 우습게도 이 집 사람들이 우리 편이 되어줄 것을 확신했다. 그 배경은 다음과 같다. 도교와 불교가 대중적인 대만에서도 타르쵸를 보는 일은 흔치 않다. 인도에서 최초 티벳 난민촌을 찾아갈 정도로 티벳 불교에 매료된 우리는 이 종교의 특별한 힘을 믿고 있었는데, 30km 가까이 걷고 타르쵸를 보자 '여기다' 싶었다. 집 마당에 있던 공방 문부터 두드렸다. 가정집을 두드리는 것은 처음 있는 일이었다. 자신도 정신 나갔나 하는 생각이 들 정도로 무례한 행동임을 알면서도 여느 때처럼 주저하지 않았다. 공방에서 나온 사람은 한눈에도 너무 선하게 생긴 남성이었다. 그는 집 뒤뜰의 잔디밭에서 야영할 수 있도록 해달라는 우리에게 흔쾌히 자리를 내주었다. 두 번째 예지력은 적중이었다. 마침 식구들이 모두 집에 있어서 정식으로 인사를 했다. 남성의 부인은 의상 전체가 깔끔한 티벳인 같았고, 초등학생으로 보이는 두 남매는 우리를 바로 친구처럼 대했다. 부인은 처음에 경계하는 눈빛이 역력했다. 오히려 경계하지 않는 것이 이상하니 의심을 사지 않도록 최대한 자연스럽게 있었다. 그 또한 그럴 것이 집안은 흙으로 빚은 예술 작품들로 가득했다. 값어치는 몰라도 하나하나가 유리관을 통해 봐야 하는 것을 날로 보는 느낌이 들었다. 식구들과 우리는 말이 거의 통하지 않았다. 대화에 곤란함을 느낀 남성이 전화기를 들자 곧 영어에 능통한 60대 화백이 나타났다. 외모에서 예술가 풍채가 뿜어져 나오는 화백이었다. 그는 우리를 보자마자 "당신들 지금 대단한 사람의 집에 온 거야!"라고 말했다. 우리가 여기까지 걸어왔다는 이야기를 들은 이후에는 "모두가 대단하군."이라며, 이 자리에 모인 인연을 정말 유쾌하게 해석해주었다.

두 남매는 애완견 '산라이'와 남매처럼 어울렸다. 개에는 관심이 없지만, 산라이처럼 인간에 가까운 개는 본 적이 없었다. 아이들이 산라이와 어울리는 모습부터 부모가 아이들을 "작은 친구"라고 부르는 모습까지 모든 게 인상적이었다. 나도 부모를 따라 아이들을 작은 친구라고 불렀다. 작은 친구들 그리고 산라이와 함께 저녁 식사를 했다. 그 식당의 음식값은 평소 우리가 들락날락하는 식당보다 훨씬 저렴했는데, 도대체 이런 식당이 어디 숨어 있었나 싶었다. 가격도 착하고, 어제와 오늘의 예산이 남으니 우리는 작은 친구들이 원하는 모든 걸 다 사주려 했다. 그러나 작은 친구들은 부모님께 돈을 받아왔다면서 우리가 돈 내는 것을 허락하지 않았다.

서로 계산하겠다고 실랑이하는 상대를 성인으로 착각할 만큼 작은 친구들은 완강했다. 진심으로 이기고 싶어도 끝내 이길 수 없었다. 얌전히 식사를 기다리는 산라이를 위해 서둘러 식사를 마치고, 다 같이 식당 밖에 앉아 저무는 해를 감상했다. 식당 주인은 만화에서나 볼 수 있는 듯한 인자한 표정으로 미키가 아는 일본 노래들을 불러주었다. 타르쵸가 맺어준 인연 덕분에 너무 행복했다. 낮에 들렸던 기차역의 다음 역인 '행복'이 바로 여기를 가리키는 것 같았다. 다시 집으로 돌아와서는 모두의 배려로 샤워도 하고, 한동안 거실에서 시간을 보냈다. 오랜만에 잔디 위에 팽팽히 쳐진 텐트에 누우니 그토록 안락할 수 없었다. 비록 짧은 시간이었지만, 오늘 만난 식구들과 밖에 엎드려 있는 산라이를 보면서 다가올 이별이 미리 아쉬워졌다. 동물과의 헤어짐까지 아쉬워하는 걸 보니 어제의 감성 타령이 또 떠오른다.

성인 한 명 앉는 의자에 둘이 앉은 소녀들.

갑자기 대만을 격하게 떠나고 싶지 않다.

xīnbĕi

新北

(신베이)

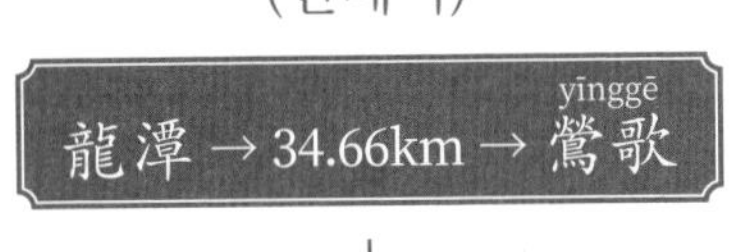

[도보 시작 : 67일 / 총 1,089.91km 도보]

떠날 채비를 마친 아침부터 작은 소녀 친구와 산라이가 작별 인사를 하러 왔다. 둘 다 눈이 덜 떠진 것으로 보아 아빠 손에 이끌려온 게 분명했다. 잠을 이겨내면서까지 배웅 나온 그들에게서 언어를 초월하는 우정이 느껴졌다. 부디 훌륭한 어른으로, 훌륭한 견공으로 성장하길 바란다. 여기 배웅 온 이가 또 한 명 더 있다. 어제 만난 화백이다. 그는 자신이 집필한 그림집을 선물로 들고 왔다. 사실 이번 대만 출국과 동시에 살림을 대폭 줄일 고민을 하던 중이어서 책 선물은 부담스러웠다. 그러나 저자가 사인까지 해서 주는 책은 거절할 수가 없었다.

길을 나서면서 화백이 동행했다. 그는 우리가 전혀 알지 못하는 편한 길을 알려준다면서 오토바이를 자전거처럼 밀었다. 속도를 우리에게 맞추기 위해서다. 마음만으로도 충분히 감동하였으니 오토바이를 타라고 해도 그는 좀처럼 시동을 걸지 않았다. 따라나선 길의 끝은 자전거 쫄바지 부대로 붐볐다. 타이베이까지 연결된 자전거 도로였다. 여기서 아침을 먹고 헤어지기로 했다. 식당을 선정하기 위해 두리번거리던 중, 한 식당의 주인이 화백에게 깍듯이 인사했다. 자제분이 화백의 제자였다고 한다. 주인에게 끌려가다시피 해서 식당 안으로 들어갔다. 미리 자리를 차지한 쫄바지 부대들이 우리에게 관심을 보이자 화백은 의기양양하게, 우리가 반대편 방향에서 걸어온 사실을 열 명 남짓의 사람에게 자랑했다. 그건 그의 어조와

손동작으로 알 수 있었다. 당사자보다 더 많은 자부심을 가지고 말하는 그의 모습이 결코 싫지 않았다. 오히려 그런 말을 할 수 있는 존재로 치켜세워줘서 고마울 따름이었다.

앞으로 남은 길은 잘 닦인 평지뿐이다. 큰 굴곡 없이 전진만 하면 된다. 타이베이에 도착하면 무얼 먹을지 상상하며 걷던 나날이 더 이상 감질나지 않았다. 도착을 앞두어서 그런 건지 아니면 지금 생활에 적응이 되어서 그런 건지 혼란스러웠다. 지금까지 비포장도로, 국도, 갓길, 오솔길, 등산로 등 평탄치 않은 길을 걸어오다가 자전거 도로를 걸으니 미끄러지듯이 34km를 걸어버렸다. 대만에 백야현상이 있었더라면 20km를 더 걸어 타이베이에 도착했을지도 모를 정도로 피로를 느끼지 못했다. 도자기로 유명한 마을에서 걸음을 멈추고 야영지를 찾아다녔다. 시민 공원을 발견하고는 인근 경찰서에 야영 가능 여부를 물으러 갔다. 오랜만에 찾은 경찰서는 편히 왕래하던 소도시 경찰서와 사뭇 달랐다. 서 내에 반드시 있던 휴게소도 없었고, 넓게 트여 있던 내부는 철재 카운터로 막혀 있었다. 공원 야영 가능 여부를 묻자 다들 괜찮을 거라는 불확실한 대답을 했다. 일단 공원을 야영지로 확보해두고 마을 구경에 나섰다. 그전에 짐이 실린 자전거를 경찰서 주차장에 세워 놨다. 장소가 장소인지라 자전거에 손댈 용자는 없을 것이고, 설령 짐이 사라진다고 하더라도 오늘 밤만 지새우면 되니 몸을 가뿐하게 만들었다. 그 상태로 8km를 더 걸었다. 이동은 34km를 했지만, 도보 거리는 모두 40km가 넘었다. 이제껏 살아오면서 유례가 거의 없을 40km 돌파였다.

밤늦게 공원으로 돌아와 막상 텐트를 치려 하니 적당한 장소가 없었다. 다시 짐을 챙겨 들고 인근 도교 사원을 찾아갔다. 난관을 예상했던 것과 달리 한 번에 야영 허락이 떨어졌다. 이곳이 잘 곳을 찾아 헤매던 67일간의 여정에서 마지막 야영지다. 드디어 내일이면 타이베이다. 둘의 미지근한 성격상 타이베이에 도착한 후에도 펄쩍 뛰며 기뻐하는 일은 없을 것이다. 또 환희 속에 눈물을 글썽거릴 일도 없을 것이다. 성취감이야 있겠지만, 허무함이 클지도 모른다. 개인적으로는 회피해오던 걱정을 마주할 날이 다가왔다. '일상으로 돌아간 첫날에 잠에서 깨자마자 공허함이 나를 짓누르지 않을까?' 하는 걱정이다. 지금까지 길에서 보낸 시간은 무척이나 고달팠다. 포기할만한 사유가 생겨 이제 제발 끝났으면 하는 생각을 하면서도, 무척이나 특별하고 행복한 순간들이 끝난다는 게 믿기지 않았다. 모든 기억이 추억으로 자리 잡는 동안 나는 깊은 우울에서 헤어나오지 못할 것이다. 잠들기 전, 오랜 시간 잡념에 빠진 나에 비해 미키는 이미 졸고 있었다. 이 순간 세상에서 가장 부러운 걸 꼽으라면, 미키의 왕성한 수면 욕구였다.

臺北
(타이베이)

鶯歌 → 23.67km → 臺北 (yùlǐ)

[도보 시작 : 68일 / 총 1,113.58km 도보]

마지막 아침이 밝아왔다. 오늘 밤부터는 천장에 머리 닿을 일이 없다고 생각하니 괜스레 기분이 홀가분해졌다. 텐트 문을 열자 사원 앞에 주민들이 모여 있었다. 그들은 중국 전통 복장 차림으로 태극권을 시연하기 시작했다. 차분한 표정과 우아한 몸동작들은 이소룡 일대기를 그린 영화 '브루스 리 스토리'의 마지막 장면을 떠올리게 했다. 개인적으로 그 장면을 너무 좋아하기에 영화 마지막과 도보의 마지막을 엮어 봤다.

이소룡은 32살에 생을 마감한다. 나는 한국 나이 32살에 곧 백수 생활을 마감한다. 이소룡은 전 세계에 한 획을 그었다. 나는 곧 대만 지도에 한 획을 그을 것이다. 영화는 이소룡이 결연한 의지를 보이는 장면으로 끝이

난다. 나의 마지막 여정은 결여된 의지 속에서 시작되었다.

어제의 자전거 도로를 걸어 최종 목적지인 타이베이 용산사로 향했다. 지도상으로 남은 거리가 20km 이하로 나왔다. 이제 몇 시간 뒤면 타이베이라는 사실에 우리 입가에 옅은 미소가 맴돌았다. 현 지점인 신베이(新北)와 타이베이의 경계에 접어들면서 일반 도로로 빠져나왔다. 도로 위로 고가 도로가 있고, 그 위로 고속도로가 나왔다. 걷기는 정신없는 환경이었으나, 이쯤은 한두 번도 아니니 안전에 유의하며 타이베이 표지판까지 걸어갔다. 표지판을 지나기 전에 잠시 걸음을 멈췄다. 더 이상 남은 거리가 적히지 않은 걸 확인하고는 오랜만에 두 팔을 하늘로 뻗었다. 마지막으로 긴 대교를 건너 타이베이에 입성하고, 그로부터 1시간 뒤 완주 지점인 용산사에 도착했다.

68일간의 대장정

내 자신이 대장정이라는 단어를 쓰는 데 전혀 주저하지 않을 정도로 엄청난 여정이었다. 미키 입에서 우스갯소리로 나온 줄 알았던 대만 도보 일주는 그 우스갯소리를 곧 집어 넣을 것이라고 생각했던 나의 착각 속에서 시작되었다. 시작은 첫날부터 의지가 꺾이는 일 투성이였다. 이제껏 살아오면서 이렇게 오랫동안 비를 맞은 적은 처음이기도 했다. 그리고 처량할 정도로 배가 고팠다. 중간에는 서로의 얼굴을 다시는 보지 못하겠구나 싶을 정도로 크게 다투기도 했지만, 모두 증오가 아닌 불쾌지수 때문에 생긴 다

툼이었다. 다리가 아픈 건 당연한 거고, 각자 크고 작게 아픈 날도 있었다. 아픔은 자신에게 더 솔직해지는 계기가 됐다. 우리는 상대를 대신해 아파주고 싶다는 생각을 해본 적이 없다. 오히려 자신이라도 아프지 않아서 다행이라는 생각을 했다. 마지막으로 68일간의 밀착은 하늘에서 정해준 짝을 관찰하기에 최적의 시간이었다. 단언컨대 이 기간을 다투면서도 버텨줄 사람은 부모 형제도, 절친도 아닌 배우자였다. 우리는 서로 과소평가하던 인내력이 결코 부족하지 않았음을 증명했다. 대만이었기에 그러한 인내력을 지탱할 수 있었던 것이다. 역마살 탓에 배를 곯아도 여러 나라를 다녀봤다만, 이렇게 인심이 좋은 나라는 본 적이 없다. 설령 있다 하더라도 굳이 찾을 필요가 없다. 대만은 이미 나에게 100점 그 이상이다.

그간 총 20번의 학교 야영, 9번의 종교 시설 숙박, 8번의 민가 초대, 7번의 카우치서핑, 1번의 민가 침입 등으로 잘 곳을 해결해오면서, 구호물자를 무려 51번이나 받았다. 그 덕택에 성한 몸으로 다시 타이베이에 왔다. 간절히 바라던 여정이 드디어 드디어… 끝났다.

도착 만찬으로 주먹 반만 한 초밥을 입에서 비린내 날 때까지 먹었다. 사치 부리는 위안이 절실했으므로 가격표는 보지도 않았다.

맺음말

#도보 그 이후.

처음 동쪽 길을 제시해준 이팡과 지우펀에서 조우한 마크, 위리에서 만난 후쿠시마 리에 씨가 지낼 공간을 마련해준 덕분에 도보가 끝난 날부터 3주간 대만에 더 머물렀다. 용산사에 도착한 순간부터는 장거리는 물론, 단거리도 대중교통을 이용하며 지극히 평범한 모습으로 돌아갔다. 출국을 기다리는 동안 대단히 영광스러운 일들이 있었다. 대만 대중신문에 인터뷰가 크게 실리고, 뜬금없이 패션 잡지 인터뷰도 했다. 또한, 한국에서 출간했던 책의 번역본도 출간되었다. 우리가 대만을 떠난 뒤에야 나온다던 책이 편집자의 밤샘 노력으로 출간 일정이 앞당겨진 것이다. 나는 책이 나온 걸 알고서도 당장 서점을 찾지 않았다. 그리고 아무 일도 없던 것처럼 지냈다. 인간적으로 미숙한 내가 설레발 치는 것을 자제하기 위해서였다. 출국 시점이 임박해서야 서점을 찾았다. 정문으로 들어서자 정면 매대에 내 책이 있었다. 표지 속의 깐죽거리는 나를 보았는데 정작 당사자는 실감이 나지 않았다. 해외에, 그것도 대만에 내 책이 있다는 사실에 나는 수줍게 주먹을 불끈 쥐었다. 이때 진지하게 새로운 진로를 고민했다. 이런 영광을 다시 누릴 수 있다면, 배고파도 작가의 길을 걸어보겠노라고. 그에 이

패션 잡지 촬영 중 사진작가를 눕게 만드는 모델 정신.

어 또 하나 진지하게 내린 결정이 있다. 현대인의 필수품인 샴푸를 끊어버린 것이다. 앞으로 어느 곳을 가든지 샴푸의 무게로부터 해방되고자 내린 결단이다. 애초에 청결과는 거리가 먼 삶을 살아와서 그런지 첫날부터 불편함은 없었다. 물로만 머리를 감자 오히려 장점이 두드러졌다. 기분 탓인지는 몰라도 사람들이 나를 피하게 만드는 전투력이 상승했고, 머릿기름이 물을 튕겨내는 방수효과도 생겼다.

한동안 어깨에 안식을 주던 자전거에 거짓말 같은 일이 일어났다. 타이베이에 도착한 직후 페달이 굴러가기 시작했다. 체인이 헛돌긴 해도 평지는 달리 수 있는 정도였다. 자전거방 주인들이 모두 회생 불능이라 말하던 자전거였다. 그러고 보니 자전거가 생긴 날부터 미키는 매일 같이 체인 청소를 했다. 휴식 때면 잔가지를 주워와 체인에 낀 티끌들을 제거했는데, 타이베이에 도착하던 날까지 반복하던 것이 이날에서야 톱니가 맞물렸다. 애초에 정상이었어도 탈 생각은 없었다. 그럼에도 잠금장치가 해제된 것처럼 굴러가는 자전거를 보니 믿는 도끼에 발등 찍힌 기분이었다. 자전거는 사명감을 가지고 한국까지 잘 가지고 갔다.

대만을 떠나기에 앞서 소원을 띄우는 천등 날리기를 하기로 했다. 타이베이 인근 지역으로 가는 기차에 올랐다. 자의로 기차에 올랐거늘, 창 밖의 배경이 빠르게 바뀌는 기차가 야속했다. 배경 속의 행인을 지나칠 때마다 행인에 대한 예의가 아니라는 생각마저 들었다. 이런 기분이 든 이유는 우리가 걸었던 길들이 너무나 선명하게 보였기 때문이다. 도보 첫날 해맑게 사진 찍던 장소, 절실하게 야영을 물어봤던 경찰서, 도보 둘째 날 미키가 얼굴에 손을 괸 채 잠든 편의점, 빗물에 퉁퉁 불은 발을 말리던 기차역들을 지나면서 나는 깊은 그리움에 젖어 들었다. 시간을 되돌려 머리 묶은 남자와 빨간 옷 입은 여자가 걷는 잔상을 3자의 눈으로 그려봤다.